わたしはなにも悪くない

小林エリコ

晶文社

カバーイラスト　小林エリコ
ブックデザイン　鈴木成一デザイン室

まえがき

思えば私の人生は、苦労のフルコースのようなものだった。幼い頃は酒乱の父のおかげで我慢の連続だったし、学校に行けばいじめに遭い、クラスの先生からも問題児として扱われた。そんな私はなんとか短大まで行ったものの、就職浪人になり、中途採用で入った会社はブラックであった。社会保険もなく残業代もつかないという信じられない状況下、手取り12万の給料だけで東京で一人暮らしをしていた。12万というと、東京都の生活保護費以下だ。当時の私はそんなことも知らぬまま、12万で生活できないのは私が悪いのではないかと考えていた。大人が作った社会で、一人暮らしができない金額で働かせる会社が存在すると思っていなかったのだ。私よりも年をとっていて、会社を経営している偉い人がそんな間違いをするはずがないと信じていた。

けれど、私は貧困に耐えられず自殺を決意した。一度、転落してしまうと、人間というのはあっという間に落ちる。自殺未遂をした私は精神病院の閉鎖病棟に入院した。なんとか退院したが、世の中は不況の嵐で、就活をしてもどこにも引っかからない。

仕事ができない私は、どんどん病気が悪化した。ふたたび自殺未遂をするようになり、入退院を繰り返し、どこにも行くあてがなくなり、医者の勧めのまま精神科のデイケアに通うようになった。具合の悪い私はどんどん薬が増えていき、副作用でずんぐりと太り、上手く歩けなくなり、体重は最高で80キロ近くなった。

実家では母と共依存になり、一緒に生活するのが苦痛になって、医療者の勧めもあり、家を出る事にした。一人暮らしをしばらくしたが、仕事は見つからず、生活保護を受ける事になった。私は社会から疎外され、力の弱い者として周縁に追いやられていった。その度に、私の中で声が響く。私は何か悪いことをしたのだろうか。前世でとんでもない罪を犯したか、気がつかない間に誰かをひどく傷つけたのではないか。

生活保護を受けながら生活をし、孤独のあまり、酒に手を出した。毎日のように深酒をして、失禁をした時、ぷっつりと糸が切れた。ああ、私はとうとう終わったのだと確信した。それでも私が偉かったのは、人に助けを求めたことだろう。私は薬物依存症の患者が通う施設に通い、自分の傷と向き合うようになった。

私の人生は失敗の連続であり、苦悩と苦痛だらけであった。私は失敗をしたが、失敗しない人というのもたくさんいる。大学を出て会社に正社員として勤めたり、才能を活かし起業したり、素敵な人と出会い結婚して子供を作ったり。彼ら彼女らとは学生時代は同じラインに立っていたのに、いつの間にかものすごい差ができていた。

私が転落したのは、誰の責任なのか。社会なのか、それとも、私の能力の低さなのか。どちらでもなければ、何かの報いなのだろうか。

自己責任という言葉がある。私はこの言葉が苦手だ。まるで、私が良い人生を送れるようにするための努力を怠ってきたかのように聞こえるからだ。社会というのは平等ではなく、生まれた時にみんなが同じスタートラインに立っているわけではない。そして、みんなが同じように同じスピードで走れるだけの力を持ってはいない。私たちは立ち位置も能力もバラバラなのだ。だから、みんなと同じように走れなかったり、ゴールできない人がいるのは当たり前なのだ。けれど、みんなそれに気がつかず、後ろを走る人のことをバカにする。

私は筋肉の少ない足で、必死に走る。遠くにはたくさんの人の姿が見える。その中には友達の姿もある。私は友達には「あなたはなにも悪くない」と言ってもらいたい。私が人と同じようにうまく走れないのは、私の走る道にだけ障害が多いのだ。私は足をもつらせながら、息を切らしながら、必死に走る。そして同じように障害の多い道を歩む人を見つけたら、隣に立って「仕方ないよ。あなたは努力しているよ。あなたはなにも悪くないよ」と声をかけたい。そして、私も私のことを「わたしはなにも悪くない」と思えるようになりたい。

これはそんな思いを込めて、書いた本です。

わたしはなにも悪くない　目次

3 排除された存在

精神病院の病棟から 1

精神病院の病棟から

21歳の夏、私は自殺を図った。ブラック会社での過剰な仕事量と低賃金が原因だった。400錠近い薬を飲んだのち、友人に発見されて、病院に救急搬送された。私は身体中管だらけになり、全身に回った薬まみれの血液をキレイにするため、人工透析を繰り返した。

実家から両親が心配して駆けつけた。私が意識を取り戻してうっすらと目を開けると、看護師たちがどよめく。後から聞いた話だが、私は本当に死にかけていたらしく、両親は「娘が死んだり障害が残ったりしても、この病院を訴えません」という念書を書かされたそうだ。

生き返った私は、これから先もこの地獄の人生を生きなければいけないのか、という深い絶望感に苛まれ、毎日続く処置は鈍い痛みと不快感が長時間続き、耐えるのに必死だった。私は生まれて初めてオムツをして尿道に管を通された。屈辱的な気持ちが起きるほどの元気もない。食事を取ることもできず、点滴ばかり何本も打ち続け、1週間経って退院することが決まった。入院しているうちに筋肉が落ちてしまったらしく、ベッドから起き上がると体がズシンと重たい。私は背中を屈めて、両手に荷物を持ち、老人のようにゆっくりと廊下を歩き、1階にあるロビーのソファに座って母が会計を済ますのを眺めていた。

重たい体を感じながら考えるのは、明日から何をして生きればいいのだろうということだった。仕事にはいつ戻れるのか、職場の人は私が自殺未遂をしたことを知っているのだろうか、一人暮らしのアパートはどうなっているのか。頭の中がたくさんの疑問符でいっぱいになる。所在なく目を動かし、ふと自分の腕を見た。入院中についた点滴のあとがたくさんあり、腕が幾分細くなったように思われる。自分の腕ながら頼りない。

タクシーを待ちながら母に声をかける。

「お母さん、これからどっちの家に帰るの？　東京の私のアパート？　それとも実家？」

母の横顔は不安そうだった。

「これから精神病院に入院するのよ。主治医の先生がそうしなさいって」

私は目を丸くして母を見た。母は続けた。

「エリコちゃんが入院している間、いろんな精神病院を見学したんだけど、どこもひどくて入れられないところばかりだった。でも、これから入院するところはかなりいいところだから」

母は私に言いながら、まるで自分に言い聞かせているようだった。

「私は精神病院に入院するのは嫌だな……。どうしても入院しなきゃダメなの？」

私がそう言うと、母は答えた。

「先生が入院したほうがいいですって言っているのよ」

これ以上何も言うなという母の無言の圧力を感じて私は口をつぐんだ。

私たちの目の前にタクシーがやっと到着した。後部座席で母とともに車に揺られながら、窓の外をぼんやり眺めた。9月になっているがまだ残暑が厳しい。濃い緑の葉が、強い日差しを浴びてキラキラと輝いている。東京なのにそこいらじゅう緑だらけだ。ここは東京のどの辺りなのだろう。まとまらない頭のまま、そっと目を閉じた。


タクシーを降りると、そこは精神科の単科でとても大きい病院だった。受付を通って看護師に病院内を案内されながら、自分が入院する病棟に向かう。病院の中は古くてボロボロで、壁には茶色のシミがたくさんあり、病棟内に置かれたソファからは中のワタが飛び出していた。ナースルームに到着すると荷物検査が行われて、バッグの中のものを全て確認された。私は下着まで見られたらどうしようとハラハラしていた。看護師はバッグの中から糸ようじを取り出した。

「これは持ち込み禁止です。逆の部分、先がとんがっているでしょ。危ないからこちらで預かります」

何が危ないのかさっぱりわからない。人が死ぬような凶器なら理解できるのだが。けれど、口答えをするのもバカバカしいので、わかりました、とだけ言った。

その後はボディチェックが行われた。体を上から下までパンパン叩かれる。軽く適当に、という感じじゃなく、かなりしっかりしていて、ふくらはぎの下の方まで叩かれた。その完璧さが、このボディチェックは形式的なものでなくあなたを疑っているのです、というメッセージに取れた。私は何か悪いものを持ち込もうとしている容疑者なのだろうか。

病棟内を案内してもらうと、リビングには卓球台がおかれていた。病院になぜ卓球台があるのか不思議だった。私が目をやっていると看護師さんが、患者さん同士でたまに卓球をやっていると教えてくれた。食堂の場所を教えてもらうと、閉まった扉の前に患者さんがたくさん並んでいた。ずっと扉の前に並んでいるけれど、立っているのが辛くないのだろうか。12時になって扉が開くと一斉に患者さんたちが食堂になだれ込む。もしかしたら、お昼ご飯が待ちきれなくて、並んでいたのかもしれない。

看護師に促されて自分の部屋に入ると、部屋にはベッドが一つと簡単なロッカーがあるだけだった。看護師と母は入院の手続きのため出て行ってしまって、私は何もすることがなく、ベッドに横になった。サラサラのシーツに顔を埋めると気分が少し安らいだ。目をつむって眠ってしまいたかったが眠ることができなくて、じっとベッドにうずくまっていると次第に不安な気持ちに襲われる。ここに入ったらいつ出られるのか、精神病院の生活とはどんなものなのか、嫌な思いをするんじゃないだろうか、知らない患者さんたちとうまくやっていけるんだろうか、たくさんの不安で頭がいっぱいになってしまい、気を紛らわせようと天井に目をやる。見慣れたアパートの天井ではない、無機質な白い病院の天井は私を不安にさせた。天井から横に目をそらすと壁のシミが目に入り、それが徐々に人の顔が溶けた形に見えてきて怖くなってしまう。私は目をつむったが一層恐ろしくなって、胸がドキドキしてきて、不安でいても立ってもいられなくなった。

「看護師さーん！　看護師さーん！」

大きな声で呼んでも誰も来てくれないので、それがより不安をよんで、一層大きな声で呼び続けた。

「看護師さーん！　看護師さーん！　看護師さーん！」

目に涙が溜まってきて、叫びすぎて喉がかれてきてしまい、私は諦めて口を閉ざした。目をつむってベッドに体を預けると、シーンとして何も聞こえない。時々、廊下の奥の方から誰かの声が聞こえるが、私の叫びには気づいていないようだ。じっとそうやって一人で恐怖を我慢するのだが、怖くなり、また看護師さーん！と叫ぶが誰かくる気配はない。病棟内のしじまは私を不安に陥れ、悪い予感ばかりが頭をよぎる。看護師を呼ぶのを諦めた頃、やっと母と看護師が現れ、母は何事もなかったかのような顔をして「入院の手続きが済んだから」と言った。

私はそれを遮るかのように、

「1秒でも早く、ここから出して！」

と母に懇願した。

「今、入院の手続きをとってきたばかりなのに」

母は困っている。看護師は、

「そのうち慣れますよ」

と人ごとのように言った。私はそんな看護師に向かって敵意すら感じていた。

病室でもめていると入院患者が覗き込んで来た。

そして、不安に陥っている私に向かって、

「そんなに悪い病院じゃないですよ」

とあっさりと言った。

入院している人に言われてしまうと納得するしかない。それに、入院患者の前で駄々をこねるのも恥ずかしい。私は東京の隅っこの精神病院に入院することにした。

精神病院に入院したが、体は元気なので、これと言った治療はない。食後の服薬があるくらいだ。朝は6時起床で、夜は9時就寝。食事は1日に3回で、お風呂は週に3回。それ以外は自由に過ごしていいことになっている。けれど、外出や散歩は許可制になっていて自由に外に出られないことになっており、一日中病棟の中にいるのはとても退屈で私は話し相手を探した。

年齢が近そうな女の子に話しかけると、その子は入院した理由はマリッジブルーだと言った。マリッジブルーなんて、精神病ではなさそうだが、本人にとってはそれくらいの大きさを占めるものなのだろう。その子はミュージカルが好きらしく、自分が好きな劇団のブロマイドや雑誌を見せてくれた。とりとめのない会話をした後、その子は唐突に、

「散歩しよう」

と、笑顔で言ってきた。

「外には出られないんでしょ」

私は不思議に思って返すと、

「病棟内を散歩するの」

その子は当たり前のように言った。

私は意味が飲み込めないまま、その子と歩いた。病棟の端から端までは5分くらいで終わってしまう。端っこにつくと、くるりと回ってまた元来た道を歩き出す。しかし、歩いているうちに私たちと同じように歩いている人がいることに気がつく。

「外に出られないでしょ。体力が落ちるから、こうやって歩いているの」

そうだったのか、みんな長い入院生活のなかで自分なりに工夫をしていたのだ。まるで回遊魚のように病棟内をぐるぐる回る私たちは、水族館の魚たちと同じように外に出られないでいた。そして、廊下を歩いていると、閉ざされたドアの向こう側で叫んでいる人がいた。

「ここのドアは開かないの」

それを聞いて私はびっくりした。鍵を掛けられているということなのだろう。びっくりしてなんども聞き返した。

「鍵が掛っているの？　開かないの？　なんで？」

その子は、

「そういう部屋もあるんだよ」

と呟いた。ドアの向こうから大きな声が聞こえる。

「私は女優になるの！　女優になってトニー・レオンと結婚するの！」

ドアの向こうで女の人が叫んでいる。続けざまに発声練習が始まった。

「あ・え・い・う・え・お・あ・お！」

しっかりとした声だった。

「真面目だよね」

その子の言葉に私も頷いた。精神病院に入るくらいまで頑張ったのだから、もう休んでもいいのに。私たちは何にもできなくて、また散歩を続けた。

あんなに嫌がっていた精神病院の生活にも3日目くらいで慣れてきた。タバコを吸っている人たちを見つけて、私も仲間に入りたくてタバコを吸い始めた。タバコを吸っていれば、会話に参加できなくても仲間の感じがするし、ここにいてもいいという安心感がある。ただ、タバコを吸っていると、いろんな人から「タバコちょうだい」と言われてあげなければならなくなったし、「100円あげるからタバコ3本ちょうだい」と言う人まで現れてさながら刑務所のようである。刑務所ではないが、タバコを吸うときのライターがナースルームにチェーンで取り付けられているのには閉口した。自分のライターを持ってはいけないほど、私たちの頭は狂っているのだろうか。

病棟内に公衆電話があるのだが、そこの目の前の壁に、人権団体の連絡先一覧表が貼ってあるのも嫌な気持ちになる。必要なことなのだろうけれど、人権団体を必要とする病院というのも問題なのではないだろうか。

お昼過ぎ、体がぴくぴくと痙攣《けいれん》した。何かおかしい。ベッドに横になるが体が痙攣してしまって落ち着かない。次第に顔の皮膚が後ろに引っ張られるようになり、口をあんぐり大きく開けた。体がこわばってきていうことを聞かなくて、足や腕が突っ張る。なんとか、自力でナースルームまで行き訴えるとなんの説明もなく肩に注射針を刺され、何だかわからない薬を投与される。

「お薬が効くまで寝ていてください」

そういって看護師は去って行った。

顔や体の引きつりに耐えて横になっているが、薬が効いてくる感じがしなくて、あんぐりと口を開けたまま、どうにかして欲しいので、またナースルームに行く。「あー。あうあー」すでに言葉すら喋ることができない。そんな非常事態の私を見ても看護師は「薬が効くまで待ちなさい」の一点張りだ。

徐々に全身の引きつりと硬直が増してきて、耐えられないものになっていった。よだれが頬を伝い、耐えられず叫ぶと、部屋に鍵が掛けられた。苦しい、苦しい、苦しい。身体中が謎の力で引きちぎられそうだ。部屋のドアを叩く音がする。視線をそちらにやるとタバコの仲間たちとマリッジブルーの子が私のことを心配して見に来てくれていた。ドアの覗き窓から3人の顔がチラチラ見えた。

「エリコ、大丈夫!?」

そう言ってドアをドンドン叩いている。励ましてもらって嬉しいが、お願いだから看護師を呼んできてほしい。しばらくして、母がお見舞いにきたのだが、私の姿を見てひどく動揺してオロオロしている。母が看護師を呼びに行ったので、助かるかと思ったが、母も「薬が効くまで待っててください」と言われてしまい、結局何もしてもらえなかった。そのうち面会時間が終わってしまい、母は不安そうな顔をして帰っていった。

「治ったら電話ちょうだいね」

という母の言葉を聞いても私は返事すらできなかった。それから2時間くらい経っただろうか、運よく今日は回診の日だったらしく、医者が来てくれた。医者は私の様子を見て、

「何をやっているんだ！　このままじゃまずいじゃないか！　早く点滴を打て！」

と叫んだ。

その医者の言葉で、今まで私の訴えに動かなかった看護師たちは一斉に動き始め、点滴の準備に入る。私は足と腕と胴体を白いベルトで固定され、腕に点滴をされた。ベッドにはりつけにされて、まるで現代のイエス・キリストみたいだ。

「点滴が効くまで待つように」

と医者に言われたが、注射の前例があるため信頼できない。しかし、なぜか点滴は効いてきて、徐々に筋肉の緊張がほぐれてきた。体は元のように柔らかくなり、口も閉じることができた。もう夕方になっていた。

精神病院に入院するということの意味が初めてわかった気がする。ここでは患者としての権

利は通用しない。きちんとした治療の説明を受けたりプランを立ててもらうことはできないのだ。精神科には特例があり、医師や看護師の数は他の科よりも少なくていいそうだ。その結果起こることは、患者の放置であり、私たちは死んでも構わない存在に成り下がるのだ。

私たちは弱さゆえにここにいる

精神病院の入院生活はタバコを吸いに行くことから始まる。

「おはよう～」

先にタバコを吸っているみんなに朝の挨拶をする。

「エリコ、おはよう～」

軽く挨拶を交わしながら、ナースルームに取り付けられたライターでタバコに火をつける。煙を大きく肺まで吸い込んでゆっくり吐き出す。他の人たちも私と同じようにタバコの煙をくゆらせていた。一人、ものすごいスピードで吸って吐いてを繰り返している人がいるが、誰も気に留めない。

「今日のお昼ご飯は何かなあ」

仲良しのゆみちゃんが言う。ここでタバコを吸いながら、話しているうちに仲良くなったのだ。ゆみちゃんは摂食障害で、菓子パンを大量に食べてから、全て吐き出すそうだ。過食の最中に母親に止められてこの病院に入院してきた。ゆみちゃんは食堂でみんなと食事ができなくて、看護師付きの個室で食べている。

私がゆみちゃんのために献立表を見に行ったら、生姜焼きとあったので、私は喫煙所に戻り、

「今日のお昼、生姜焼きだよ!」

と明るい声で言った。

「マジー!」

「やったー!」

ゆみちゃん以外のみんなも歓喜の声を上げる。

「肉なんて久しぶりだね」

「楽しみすぎる」

みんな口々に喜びを表す。

ここの食事は病院だからというせいもあるのだろうが、野菜を煮た物や白身魚が主で、味付けが非常に薄いので、みんなとても不満だった。

7時になったので、みんなで食堂へ移動する。8枚切りのパンが2枚。マーガリン、イチゴジャム。キュウリとキャベツのサラダ。パックの牛乳。自分で配膳して席に着く。

パンにジャムを塗っていると目の前の女性が牛乳パックにストローをうまく刺せないでいてモタモタしていた。すると、

「開けて！」

と言って私の目の前に牛乳パックをドンッと置いたので、私は黙って開けてあげた。外の世界では知らない人の牛乳パックなんて開けてあげないけれど、ここでは頼まれたら開ける。知らない人だけど同じ病人なので助け合わなければならない。

ここに入院してから食べることだけが楽しみになってしまい、献立表を一日に何回も眺めるようになった。患者同士では食べ物の話が尽きない。ポテトチップが食べたいとかケーキが食べたいとかそんなことばかり話す。外に出たら何をするかという話ばかりしていると、私たちは囚人のようにも思える。もしかしたら、囚人とあまり変わらないのかもしれない。

朝食が終わって、タバコを吸いに行くと雑談が始まる。

「ねえ、みんなどれくらい入院してるの？　私はまだ1週間とちょっと」

私はぐるりとみんなを見回す。

「私は2ヶ月」

ゆみちゃんは答えながら、タバコの煙を吐き出す。

「俺、5年」

ゆみちゃんの隣に座っている男の子が言う。

「5年!?」

私は素っ頓狂な声をあげた。

「1週間からしたら長いよね」

ぼんやりとした表情で空中に漂うタバコの煙を眺めながら、男の子は呟く。

「5年じゃあね……」

私も否定できない。

「この間さ、母親と外出してきたんだよ。そうしたら、自動改札をうまく通ることができなくて、なんだかものすごく社会から取り残された気がしたよ」

遠い目をしながら彼は話した。

「そうか、そうなんだ」

私はそう答えることしかできなかった。

私には彼が5年間も入院しなければならない理由が見つからなかった。普通に話せるし、特に変な行動も見当たらない。彼をここに留めているものはなんなのだろう。

私は入院当時、社会で精神病院での長期入院が問題になっているということを知らなかった。退院してから色々な本を読んで、日本の精神病院は患者を何十年も入院させていると知った。自宅の住所が病院の住所になっている人もいるそうだ。長期入院は患者が外の世界で生活するための力を奪っていくし、本人の気力や希望も奪っていく。そして、私も、もしかしたら同じようになっていたのかもしれないと思うと背筋が冷たくなった。

「小林さん、郵便がきています」

看護師から呼ばれて手渡しで手紙と小包を受け取る。手紙は短大時代の友人からで、小包は短大の時、お世話になった先生からだった。急いで封筒の封を切ろうとするも、慌てているせいか指が震えて開封するのに時間を要した。友人からの手紙は、私の安否を気遣う内容で、とても不安で、悲しくて心配だったとあった。正直、叱ってやりたい、とまで書かれていて、私の目に熱いものが溢れてくる。続けて先生からの小包を開けると、中身は畑中純の版画集で私宛のサインが書かれていた。きっと、私のためにもらってきてくれたのだろう。それと、寺山修司の句歌集と草野心平の詩集。短い手紙には「退院したら、また会いましょう」と綺麗な字で書かれていた。みんなの気遣いと、自分の不義理さに心が折れてしまいそうだった。

私は自殺を試みたことを後悔はしてない。あの時の私はそうするしかなかったのだ。私の側には誰もいなくて、お金もなく、頼るものもなかった。けれど、本当にそうだったのか。私は人を信じることができなくなっていたのではないか。人に相談すればなんとかなったのかもしれない。全く解決策がないと思っていたけれど、それは自分一人で考えて出した結論なのだ。私は手紙を丁寧にしまった。先生からもらった本をパラパラと開いて文字を目で追う。難しい文章は頭に入ってこないが、短い詩や短歌はすっと頭に入ってくる。

わが夏帽どこまで転べども故郷

私が好きな寺山修司の俳句だ。私は実家が、故郷が嫌で、東京に逃げてきた。けれど、東京で失敗した。私はどこまで走っても故郷から逃げることができない。

気がついたら時計が12時近くになっていたので、私は食堂に向かった。食堂のドアの前でゆみちゃんに会う。

「今日は生姜焼きだね」

ゆみちゃんはニコニコしている。

私も笑顔で、

「楽しみだね」

と答えた。

12時になって食堂のドアが開いたが、ゆみちゃんはみんなとは一緒に昼食を食べられないので、看護師のいる個室の方へと入って行った。ゆみちゃんの背中を見送りながら、いつまでここにいなければならないのだろうと暗澹とした気持ちになった。

楽しみにしていた生姜焼きは鯖の生姜焼きだった。生姜焼きには違いないが、生姜焼きと言ったら豚肉だと思うのが普通だと思う。パサパサした鯖を噛み締めながら、早くここから出たいと願った。

食堂を出て、暇なので、タバコを吸いに行こうかと悩んだが、リビングに顔を出した。リビングにはテレビとソファがあり、本が数冊置いてあって、オセロや将棋などのゲームも置いてある。卓球台も設置されていて、たまに卓球大会が患者によって自主的に開催される。

ゲームのある棚をぼんやり眺めていたら、30代くらいの男性に話しかけられた。

「将棋やらない?」

ひょろりと背が高いが威圧感はなく、穏やかそうな人だ。話したことはないけれど、病棟内で見かけたことはある。

「将棋、やったことがないんだけど、教えてくれるならやりたい」

私は彼を見上げながら言った。

「いいよ。教えてあげる」

そう言って彼はテーブルのそばの椅子に腰掛けた。

私はその人と一緒に将棋盤と駒を出した。駒の動かし方を一個一個丁寧に教えてもらう。

「歩は前に一つしか進めない。裏になると金になるんだ」

私はふんふんと頷きながら駒の動かし方を覚える。しかし、数が多くて全て覚えきれないので、実際にやりながら覚えようということになった。

将棋なんて全く興味がなくて、死ぬまでやることはないと思ったけれど、精神病院で初めてやることになるなんて人生は不思議だ。私が駒を変なところに指すと、

「こっちの方がいいよ」

と教えてくれる。優しい人だな、と思った。彼からは何らかの異常なものは全く感じない。思えば、ここに入院して、みんなどこがおかしいのかさっぱりわからない。話せばきちんと会話が成り立つし、変なことを言ったり、やったりする人はいなくて、みんな落ち着いていた。もちろん、ドアの向こうで叫んでいる人のようにちょっとおかしな人もいるが、そう数は多くない。

パチリ、パチリと駒を指しているうちに、初めての将棋は私が勝ってしまった。私は笑顔で、

「やったー!」

と勝利を叫んだ。彼はニコニコして、

「もう一回やろう」

と言いながら、駒を置き始めた。

正直、私に教えながら指している彼のほうが強いのは当たり前だった。しかし、彼は私に5

回も負けた。彼は、私にわざと負けてくれたんだと思う。私は彼の優しさを思うと、ここにいることがとても寂しく思えた。わざと5回も負ける彼は外の世界では生きていけないのだろうか。彼のような優しい人が生きていけない世の中なんて、おかしいのではないだろうか。

突然、ものすごい音がした。ガッシャン！と何かが壁に当たる音だった。見に行くと、一人の患者がうなだれていて、目は爛々《らんらん》として正気ではない様子がうかがえる。病棟内にはいつでも誰でも飲めるようにほうじ茶が入った大きなやかんがおいてあるのだが、それが床に転がっている。きっと彼女が投げたのだろう。看護師たちが集まり始める。

やかんを投げた女の子が看護師たちに取り押さえられる。その子は感情を高ぶらせて叫んだ。

「何回も呼んだのに、ナースルームから出てきてくれないじゃん！　今更出てきたって遅いんだよ！　なんで、私の話を聞いてくれないの！　看護師なら私の話を聞いてくれたっていいじゃん！」

その子は目に涙を溜めながら訴えた。彼女は鍵をかけてくれと自ら看護師にお願いして、自分の部屋に入って行った。

その後、部屋からは激しい打撲音が聞こえた。彼女が自分で壁を叩いているらしい。聞いたところによると、彼女は時々感情が抑えられなくなるので、そういう時は自分からお願いして部屋に鍵をかけてもらって籠もるそうだ。

思えば、私たちの病は人とのつながりの病だ。私たちはうまく人とつながることができない。自分の感情をうまくコントロールできず、時に爆発させてしまう。しかし、その爆発は人とつながりたいという強烈な欲求なのだ。なぜなら、爆発すると必ず人が集まってくる。ものを壊したり、自分を傷つけることで、医療者や家族、友人が寄ってくる。もちろん、爆発という手段を取らなくても、人とつながれることが一番いいのだが、病気になってしまうと、正しいコミュニケーションの取り方が分からなくなる。

私は自殺をして、未遂に終わったが、そのおかげで、やっと医療者や家族とつながることができた。運ばれた病院でたくさんの看護師たちに囲まれ、ひとりぼっちのアパートから脱出できた。私は自殺未遂によって、結果的に救われたのだし、自分が危機的状況であると伝えることができたのだ。だが、自殺未遂という手段は副作用が多すぎる。多額の医療費、体への負担。私はもっとうまくSOSを出せるようにならなければならない。

夕方になり、夕食を取るために食堂へ移動した。味の薄いほうれん草のおひたし、味の薄いサワラの煮付け。薄味だらけの食事は、まだハタチそこその自分としては物足りない。食堂から出るとリビングに人が集まってテレビを見ていた。テレビは壊れているのだが、奇跡的に8チャンネルだけ映るのだ。放送されているのは人気の歌番組で、日本を代表する司会者がトップアーティストを紹介している。人気男子アイドルグループの出演に女の子たちが沸いている。

壊れかけたテレビに私たちの世界のことなど知る由も無いかっこいいアイドルたちが登場した。

「きゃー‼」

あられもなく、女の子たちが叫ぶ。司会者が曲の紹介をすると歌が始まった。誰でも知っているヒット曲。女の子たちが輪になって歌い始めると、私もなんだかウキウキして女の子たちの輪に入って一緒に歌った。

私はアイドルなんて全く好きじゃないけれど、みんなと一緒に合唱できることが嬉しかった。お互い、肩を抱きながら、テレビの前で合唱する。私たちは、弱さゆえに、ここにいる。この世界で生きることが困難で、精神病院という世界に閉じ込められた。それは一見悲惨な出来事だけれど、ここで肩を寄せ合ってともに歌うことができる。

学校に行っているときは、いじめにあっていて、人と一緒にいて安心するという感覚を味わうことはできなかった。家でも父が酒を飲んで暴れていたので、小さくなって過ごしていた。今、私は心から安心して、歌を歌っている。東京の片隅の精神病院で、私は初めて安心できる夜を過ごした。

いつでも死ねるんだ

精神病院に入院して2週間以上経つがまだ外に出られない。ゆみちゃんに外出や散歩をしたい時は、ナースルームの前にある木箱に要望を書いて入れておくということを教えてもらったので、小さな紙に散歩希望の旨と名前を記入して投函した。先週も投函したのだが、結果はダメだった。毎週月曜日の朝が看護師たちの会議らしく、午後には外出や散歩ができる人の名前が廊下に張り出される。

入院患者たちはそれをとても気にしていて、張り出されるとみんなが集まってくる。

「まだ、散歩できないのか……」

とうなだれる人や、

「やった！　外出だ！　駅前のデパートに行ってくるぞ！」

などと歓喜の声をあげる人。

「山田さん、退院するんだ。いいなあ」

と羨む人。

それはまるで大学の合格発表のようだ。

今日はおやつがある。喫煙所のメンバーが、

「今日のおやつは何かな」

とぼんやり呟いた。

「どうせバナナかみかんだよ」

と私は呆れた調子で答える。

「果物なんかおやつじゃないよね」

と、ゆみちゃんが私に合わせて言う。ゆみちゃんはおやつの話に入ってきているけど、摂食障害なのでおやつが食べられない。

3時になったので、みんなで食堂へ移動した。しかし、今日のおやつはみんなの予想を裏切って、茶色い薄皮にあんこが包まれた饅頭であった。入院をしてから、食事で甘いものが出たことは一度もない。饅頭にかぶりつくと頭の中に快楽物質がドバドバと溢れ出る。あんこに含まれた砂糖の人工的なそれは、外の世界で味わっていた甘さだ。私は二口目を口の中に放り込む。ゆっくりと咀嚼し、あんこの甘さを余すところなく噛みしめながら、私は幸せを感じた。けれど、この幸せは精神病院の中で制限がかかっているから感じる幸せであって、外の世界から見たら、ひどく惨めで滑稽なのだと思う。

食堂を出ると、数人がリビングの隅に集まっていた。ゆみちゃんもいた。私は輪の中に入った。中央の女性を見ると、彼女の手の中には先ほど食堂で見た饅頭がある。

「私、あんこがダメで。よかったら誰か食べない?」

みんな、戸惑っていた。なぜかというと、病院では食べ物を人に渡すのは禁止されているからだ。食事中にも自分のおかずを人に譲ってはいけないと看護師に言われている。看護師に見つかったら怒られるだろうし、退院が延びてしまう恐れがある。

食べたい、けれど、食べたら後が怖い、みんなお互いの顔を見ながら戸惑っている。しばらく沈黙が続いた。

「私、食べる」

ゆみちゃんが静寂を破り女性の手から饅頭を受け取る。みんなで個室に移動して、カーテンの陰に隠れたゆみちゃんを守るように立った。看護師に見つかりませんようにと祈る。

過食嘔吐のゆみちゃんは、食べ物の味をどう感じているのだろう。食べて吐き、吐いて食べる彼女にとって、すでに食べ物は味わって食べるものではなくなっているはずだ。私はゆみちゃんが饅頭を美味しいと思って食べてくれたらいいなと思った。

精神病院では私たちは徹底的に管理されている。それを感じたのは病院内で出るコーヒーだ。コーヒータイムという時間があって、患者たちにコーヒーが配られる日があるのだが、それは

「デカフェ」なのだ。デカフェとはカフェインが入っていないコーヒーである。

確かにカフェインは頭が冴えてしまうから大量に取るのは良くない。だからと言って一切禁止するというのもおかしい。そして、私はデカフェをこの病院で初めて飲んだが、あまりにも不味くて閉口した。けれど、長い間入院している患者さんたちは「美味しい」と口々に言っていた。

それは本当の意味での「美味しい」ではなく、「この病院で飲んだり食べたりできるものの中では美味しい」なのだと思う。私も入院が長くなったらデカフェを「美味しい」と言って飲むのかもしれない。そんなことをふと思った。

ナースルームからひときわ綺麗な女の子が現れた。新しい入院患者だ。体にぴったりとしたカットソーを着て短めのスカートをはいている。入院患者らしからぬ服装だ。看護師となんやかや話して個室に消えた後、しばらくしてタバコを吸いに現れた。私は話しかけた。

「今日、入院してきたの？」

綺麗な女の子は私を一瞥した。

「うん。さっき来たばかり」

彼女はメンソールのタバコに火をつけながら答えた。

「なんで入院してきたの？　私は自殺未遂で入院することになったんだ」

私は自分の過去から話した。

「私はネットで青酸カリを買ったんだけど、親にみつかっちゃって、そのままここに入院」

綺麗な子は表情を変えず、かなり凄いことを話しだした。

「青酸カリってどうやって手に入れるの？」

私はタバコを手にしたままなるべく平静を装って聞いた。

「覚えてない？　ドクター・キリコの事件。ネットで青酸カリを販売してたやつ。いつでも死ねるお守りとしてドクター・キリコは売ってたんだよね。私は自分のネックレスのロケットに青酸カリを入れてたんだ」

私は事件の渦中の人物が目の前にいるということに驚いてしまって言葉が続かない。あとで他の人から聞いたが、彼女の名前は大道寺マキと言い、大きな企業の社長令嬢だそうだ。若くて、美しく、お金もある彼女がなんで死にたいのかはわからない。人は持っているものが多くても悩みが多い生き物であるらしい。

自殺したいという人の気持ちをどれくらいの人が理解しているのだろうと時々思う。私はマキちゃんの死にたい気持ちを完璧には理解できないけど、なんとなくわかる。他人からしたら大したことではないと言われてしまう悩みでも、本人からしたら死を覚悟するくらいのボリュームに感じてしまうことがある。悩みの重大さは結局のところ、本人にしか理解できない。お金がなくて自殺未遂した私のことをもっと他の手段があっただろうと責める人もいるだろうし、学校に行きたくなくて飛び降りる子供のことを大人は理解できない。

10代の頃、進路を親に反対された私は死にたくて、自殺の仕方を調べていた。そして、こうすれば確実に死ねる、という方法を見つけてホッとしていた。いつでも死ねるんだということがわかると無理に死ぬのを急がなくてもいい気がしたし、ギリギリのところまで生きてやろうという気持ちになった。

私にとっては「死」というものは輝く希望だった。自分が感じている苦痛を魔法のように片付けてくれるのだから。マキちゃんにとってネックレスのロケットに詰め込まれた青酸カリは自分を勇気付けて励ましてくれるものだったのだろう。いつでも死ねるという状態はとても自分が強くいられるものだ。

マキちゃんは青酸カリをお守りにしていたような子だが、明るい子だった。鍵をかけられた個室の奥で、

「友達が欲しい！　誰か友達になって！」

と叫んでいる患者さんに対して、

「友達になります！」

と返してあげていた。ドアの向こうから、

「あなたの名前は⁉」

と問いが来ると、

「マキです！」

と元気よく返した。

「苗字もつけて！」

とマキちゃんは怒鳴られていたが、ちゃんと苗字をつけて返答してあげていた。


母は3日に1回お見舞いに来る。母は東京の私のアパートに滞在しているそうだ。私は母にお見舞いの際には、ネギトロ巻きとサイダーを持って来てくれるようにお願いしていた。病棟内では生物が食べられないのと、炭酸飲料を飲むことができないからだ。病棟内は食べ物の持ち込みは禁止で、食べていいのは面会室だけになっている。

お見舞いに来た母と面会室で向かい合う。母は自殺未遂をした私を責めることはなかった。兄や父はどうしているか、天気はどうか、など、当たり障りのない話を話す。私は兄とは不仲なので、会いたくはないが、父には少し会いたいと思っていた。しかし、父は一度も面会に来てくれない。父は親であるという実感がないと昔よく私に言っていたので、面会に来ないのも仕方ないのかもしれない。ネギトロ巻きを頬張り、サイダーを喉に流し込む。病院の食事に慣れきった舌には刺激的だ。3日に1回もお見舞いに来ていたのは私の母くらいで、他の人たちは1ヶ月に1回くらいだった。私はそんな母の愛を当たり前のように受けていた。私はまだ大人になりきれていない、母の子供であった。

私の父はとても酒飲みで、家の中でよく暴れていた。父がテーブルを蹴っ飛ばし、我が家の今夜のおかずが宙を舞うのは珍しいことではなかった。大人になってから母から聞いたところによると、お給料も半額しか家に入れていなかったらしい。私の家はとても貧しく、学校の教材が買えなくて、私はお菓子の空き缶をお裁縫箱にしていた。私はそんな父と結婚した母が嫌だったし、実際に、母に対して「もう、お父さんと離婚しなよ」と言い放つ子供だった。

けれど、父が暴れた夜、ふすまを開けて、寝ている私を起こし、「エリちゃん、お父さんと離婚していい?」と涙声で必死に問いかける母に何も言うことができなかった。まだ10歳かそこらの私は今の生活が壊れてしまうことを恐れて、「離婚したら嫌だ」と泣いた。それからずっと母は父と一緒だった。60歳を過ぎてから母はやっと離婚した。私は母を憎んでいるというより、女という性、専業主婦という存在、家父長制というものを憎んでいるのかもしれない。

病棟内をずっと一人で歩いているおばあさんがいる。病棟の端まで行っては、また戻ってくるのをずっと繰り返している。入院患者は20代や30代くらいの人が多かったので、お年寄りは珍しかった。長く入院している患者さんに聞いたら、もう、おばあさんの病気は良くなっていていつでも退院できる状態なのに家族が引き取りたがらないらしく、退院ができないそうなのだ。私はそれを聞いてびっくりした。おばあさんは家族からこの病院に捨てられたと言ってもいい。どうにか退院できないのだろうか、病院の人たちは家族にどう働きかけているのだろう。いろんな疑問符が頭をよぎるが、自分はただの患者であるという事実が虚しかった。おばあさんは何年もこの病棟を歩き続けているが、もしかしたら、帰るべき自分の家を探し続けているのかもしれない。

病棟内には電話が1台置いてある。だいたいいつも誰かいて、どこかに電話をかけている。ある時、首に点滴を打っている男性が電話をかけていて、

「俺は狂ってなんかいないよ。ここから出してくれよ」

と電話の向こうの家族に訴えていた。

私も電話は良くかける。主に母にかけていた。ここにいると、話すことに飢えるようになる。もちろん、入院患者同士でも話すが、外の世界の人と話すことは自分が外に繋がっているという安心感にも繋がるからだ。

私の電話の後にはマキちゃんが待っていたのだけれど、マキちゃんは私の電話の長さにイライラしていた。私の電話が終わった後、マキちゃんは、

「電話が長すぎるだろ！　後ろで私が待ってんのに気がつかないの！」

と大声で怒鳴った。私はびっくりしてその拍子に目から涙が溢れた。溢れてくる涙が止まらず自分の部屋に駆け込んだが、マキちゃんは追って来て、私の部屋の前で何やら私を罵倒した。私は布団をかぶって泣き続けていた。

ここの生活は常にストレスがかかっている。一日中外に出られず、食べたいものも食べられず、見知らぬ人と四六時中顔を付き合わす。ちょっとしたことで、張り詰めていたものが弾けてしまう。彼女が１００パーセント悪いとも言えない。

夕食の時間になって、私はノロノロと食事をとった。食事が終わると服薬の時間になり、看護師がカートに薬を積んで現れると、私たち患者は看護師の前に一列に並ぶ。

薬は自分の手で口に入れてはならなくて、看護師が私たちの口に入れる。薬を水で流し込んで飲み込んだ後に、口を大きく開けてちゃんと飲んだかどうかを看護師に確認してもらう。私たちは自分で薬を飲むことができず、薬を飲まないと疑われている。しかし、実際に薬を飲みたくない患者は舌の下に薬を入れて隠し、後から薬を吐き出しているそうだ。

精神病の患者には薬が必要であるという知識や、薬を飲まないと病気が悪化したり、再発したりするということを学ぶ場を作ることが大事なのではないか。そういうことをしないから、看護師が一方的に口に薬を放り込み、患者が薬を吐くのである。

服薬の後、女の子たちが廊下の隅っこでヒソヒソと集まっていた。なんと、ポテトチップスを持ち込んで来てみんなで食べていたのだ。

「面会の時に持って来てもらったの」

そういって私にも差し出した。私はちょっと迷ったが、袋に手を伸ばした。みんな食べているからいいや、という気持ちだった。口にそれを放り込むと、パリパリとした食感と、しょっぱい味が口の中いっぱいに広がる。

私たちはこっそり、ポテトチップスを食べながら笑いあった。やってはいけないけど、重大なことではないとわかっているからだった。看護師たちが私たちを管理しようとしても完全には管理できない。おかしを食べることや、薬を飲むのが嫌なことは、悪いことなのだろうか。そして、精神病院に入院している私たちには本当に管理が必要なのだろうか。

世界に色彩が戻った

精神病院では、毎日ラジオ体操があって、めんどくさがってやらない人が多いけれど、私は真面目に参加していた。やることがないので、退屈なのもあるし、体を動かしていないと体力が落ちてしまうからだ。

今日は月曜日なので、外出や散歩の張り紙が張り出される。私はゆみちゃんと一緒に張り紙を廊下まで見に行った。外出、散歩、退院、などの文字の下に、該当者の名前が並んでいる。

私は目を凝らして自分の名前を探した。

「小林……、小林……。あ、あった！」

「散歩」の下に「小林エリコ」と、書かれていた。

「よかったね、エリコ。散歩に行けるね」

ゆみちゃんが私の肩を叩きながら言った。

「うん、本当に良かった！　外に出るの久しぶりだよ！」

私は顔をほころばせた。

今日は散歩の日だ。ナースルームの前に、散歩に行く人が集まっている。ゆみちゃんは散歩ができないので、タバコを吸いに喫煙所に行ってしまった。私はコートを着て散歩に行く準備をする。季節はもう10月に入っていて、精神病院の窓から外を眺めると外来患者はコートを着て歩いているのが見える。それを見て、季節の移り変わりを知ることができた。病棟にいると今の時季が暑いのか寒いのかがわからない。きちんと管理された室内の温度は私から季節を奪い去った。

看護師がナースルームの鍵を開ける。私たち患者はナースルームを通って玄関に行くために、ぞろぞろと廊下を歩く。玄関のドアを看護師が開けると、冷たい風が吹いて来た。ひんやりとした空気が心地よい。私は久しぶりに身震いした。

眼前に広がる緑。頭上には抜けるような青空。どこかでスズメのなく声が聞こえる。私は3週間ぶりに外に出た。久しぶりの世界は美しくて、自分が初めてこの世界に降り立ったような気持ちになる。私は入院する前に、なぜこの世界の美しさに気がつかなかったのだろう。思えば、自殺を考えていた時は、朝早く家を出て、夜遅くに帰ってきていた。街灯が灯る道をトボトボとうつむきながら歩いた。今から食事を作るのは面倒だけれど、コンビニでお弁当を買うお金もない。私は駅前のスーパーで買った特売の大根と鶏むね肉をぶら下げていた。昼間、原稿の受け取りの時に、ペットボトルのジュースを買いたいと思ったけれど、買うお金がなくて我慢した。私は貧乏でひもじく、すべての力が失せていた。空を見上げたり、草花を見る余裕なんて1ミリもなくて、私の見る世界はモノクロだった。精神病院に入院して、初めて外に出て、やっと私の世界に色彩が戻った。私は自殺を考えていた頃より、元気になったらしい。

看護師はみんなに向かって、説明を始めた。

「これから散歩に出かけます。私の後ろを歩いて、列を乱さないようにしてください。買い物に行くのは禁止です」

そして、散歩が始まった。私はキョロキョロと辺りを見回しながら前の人について歩いた。10月の風が頬を撫ぜる。枯れ草がそよぎ、木々の緑も茶色に変わろうとしていた。

私は少し冷たい空気を感じながら、短大生の時の卒業旅行をふと思い出した。短大で一番仲が良かった友達とバリ島に行くためにバイトを必死にしてお金を貯めた。バリ島はカラリとした暑さで、海も空もどこまでも青く、地上には緑がどこまでも広がっていた。時折、真っ赤なブーゲンビレアの群生に出会った。白い砂浜で寝ていると現地の子供が私たちの爪に綺麗なマニキュアを施してくれた。お金を払って友達と笑い合う。マーケットで友達とお揃いの絞り染めの服を買って早速着て歩いていると、現地の男の人に声をかけられて、誘われるがまま、バイクの後ろに乗せてもらい、長い海沿いの道路を走った。なんの苦悩も不安もない、天国みたいな場所だった。あれから1年も経たないうちに、私は今、ここにいる。人生は転落するとあっという間なのだ。私はもう一度、バリ島に行けるのだろうか。

目を前にやると、看護師たちは白衣の上にコートを着ていた。入院患者もみんなコートを着ているので、看護師がコートを着ると、入院患者との区別がつかなくなる。そうしていると、誰が患者で、誰が看護師なのかわからなくなった。もしかしたらみんな患者なのかもしれない。誰が狂っていて、誰が正常かなんて、誰にもわからない。

私は胸いっぱいに空気を吸い込んだ。この病院の周りには生い茂った森があり、周りには他の建物もたいして見当たらない。なんで、こんな辺鄙《へんぴ》なところに病院があるのだろうと不思議に思いながら歩いた。

後で知ったことだが、精神病院というのは不便なところに建てられることが多いという。それは、住民が近所に精神病院が建てられるのを嫌がるからだそうだ。今でも、障害者の作業所やグループホームの建設の時に、地域住民から反対が起こるという。私の母も、精神障害者の家族会に入っていて、作業所の建設に関わったそうだが、地域住民からの反対に遭い、諦めたそうだ。私たちは社会から疎まれる存在らしい。精神病院や作業所やグループホームを自分たちの地域から追い出したとしても、私たちの存在は消えない。むしろ、社会に偏見という痕跡が残るだけだ。

散歩をしている途中で、突然、一人の男性が列を離れて、道路に向かって走り出した。びっくりして彼を見ると、道路を横切ってかなり遠くの方まで走って行った。これはもしかして、脱走なのだろうか。なんだかワクワクする。そして、彼がいなくなったのを知った看護師たちはものすごいスピードで彼を追いかけ始めた。私は逃げる彼を見つめながら応援していた。頑張れ、頑張れ。しかし、彼は徐々に走るスピードが落ちて行く。やはり、長い入院生活で体力が落ちているのだろう。彼は薬局に逃げ込んだが、その後、看護師に両脇をがっしりと掴まれてズルズルと連れ戻された。彼はもう、散歩には出してもらえないだろうし、退院も延びそうだ。しかし、私は逃げ出したくなる彼の気持ちは痛いほど良くわかる。自由がない、あの病院に私だっていたくない。

散歩を終えて病棟に帰って来た。ゆみちゃんに今日の散歩で脱走をしようとした人がいたのを話す。ゆみちゃんは「へぇー」と驚いていた。そして「まあ、気持ちはわかるけどね」とちょっと笑いながら言った。

私は数日前から相部屋に変更になった。相部屋の人は躁うつ病のおばさんだ。相部屋ということで、特に困ったことは起きなかったが、おばさんは躁の状態になると突然、会話に英語が入る。「イエース、イエース、アンダースターン」などと言うのだ。私は面白かったけど笑ったら失礼な気がして笑うのを我慢した。そして、躁うつ病のおばさんは「躁状態になると、自分がなんでもできる気持ちになっちゃうのよねえ」と言っていて、常にうつで自分が無能だと思っている私は、ちょっと躁病に憧れた。

最近、盗難事件が増えていた。部屋に置いておいたお金がなくなるとか、タバコがなくなったとか、そういったことが多発していた。そして、それが増えたのは、相沢さんという女性が入院して来てからだった。

盗難事件が増えたのは相沢さんが来てからということはみんなの共通認識なので、みんな相沢さんと距離をとっていた。小柄で甲高い声で喋る相沢さんはいつも、公衆電話で恋人に電話をかけていた。私たち入院患者は、洗濯機や公衆電話を使うため、週に270円、自分たちが支払っている入院費から生活費として病院から渡される。270円といえど、ここの中では大金である。洗濯は1回100円だし、電話も長く話すとあっという間にお金がなくなってしまう。だから、いつも長電話をしている相沢さんにはみんな苛立っていた。

ある日、ゆみちゃんのコップがなくなった。ミッキーマウスが描かれたコップで、大ぶりの使い勝手の良いものだった。私たちは真っ先に相沢さんを疑った。そして、二人で相沢さんに話しかけた。

「相沢さんの部屋に入ってみたいんだけど、いいかな」

私たちは盗まれたコップがあるかどうかを確認したかったのだけれど、相沢さんは友達になれると思ったためか、

「嬉しい！　私の部屋、まだ、誰も来たことがないの！」

と喜んでいた。

相沢さんの部屋はベッドが二つあって、空いている方のベッドに几帳面に浜田省吾や中島みゆきのCDが並べられていた。そして、ジーンズが置いてあったのだけれど、そのジーンズは股の部分が赤く汚れていた。どうやら、生理の時についたものらしい。私は恐る恐る聞いた。

「ねえ、このジーンズ洗わないの？」

相沢さんは笑顔で教えてくれた。

「このジーンズを見せて、看護師さんに余計に洗濯するお金をもらうの。そう言ってもらったお金で恋人に電話してるんだ」

私は相沢さんのお金をもらうやり方に若干引いたが、もしかしたら、盗難事件は相沢さんが犯人じゃないのかも、と思った。実際、ゆみちゃんのコップは相沢さんの部屋にはなかった。コップは数日経ったら、洗面台のところに置かれていた。誰が盗んだのか、それとも、誰かが間違って使っていたのか、結局はよくわからないままだった。

私たちはよくこんな狭い空間で生活し続けていると思う。精神病院というところは、これといった治療はない。治療と言えば、せいぜい服薬をしているくらいだ。たまに、アートセラピーと言って絵を描いたりするが効果のほどはわからない。朝から晩まで、ひとところに押し込められ、文句すら言えない。小さな盗みや諍《いさか》いも、まるで大事件のように感じる。そうやって、日々の退屈を紛らわすほかないのだ。

ある日、噂を聞いた。ある男性の患者さんと女性の患者さんが、病室で肉体関係を持ったらしい。そんな噂を聞いて、驚きながらも、全く不思議ではなかった。私たちだって欲望はあるのだ。何年間も入院をしていて、それを我慢できている方がおかしい。

精神病の患者さんといってもいろいろな人がいる。穏やかそうな人もいれば、強面の人もいる。最近入って来たのはパンチパーマの大柄なおじさんで、私はかなり怖かった。何でここに入って来たのだろうか。まさか薬物ではなかろうか。

おじさんはナースルームで看護師に喧嘩を売っていた。

「おい！　なんで俺が外に出られないんだ！　散歩ぐらい行かせてくれてもいいだろう！」

男性の看護師はナースルームの奥から窓越しに、おじさんに答えていた。

「あなたは、入って来たばかりだから、散歩はまだ無理です」

おじさんはその言葉にカチンときたらしく、

「おい、なんだ、ふざけんな！　お前、そこからここに出てこい！」

看護師は鍵のかかったナースルームにいるので、おじさんからは絶対に手が出せないのだ。

「出ていったらどうなるんですか？」

看護師が平然として問うと、

「お前の首をなあ、こうしてやるんだあああ！」

と言って、首を絞める真似をした。

怖い。アッパー系精神病患者である。しかし、看護師さんは全く動じず、ナースルームの奥に引っ込んでしまった。その近くで、相沢さんが恋人に電話をかけていた。床に寝っ転がってダラダラとおしゃべりをしている。それを見たおじさんは、

「こんなところで、寝てるんじゃねえ、ボケ!!」

と怒鳴った。相沢さんはガバリと上体を起こし、

「いやあ！　怖い！」

と叫んだ。私はそんなやりとりを平和な気持ちで見ていた。

ここは問題だらけだと思う。しかし、看護師たちはその問題には正面から取り組んでいない。散歩中に逃げ出す人、続けて起きる盗難、怒鳴る人。看護師たちはそういったことには自分から積極的に関わろうとしない。私は看護師たちが何を仕事にしているのかわからない。彼らの

出番は私たちの口に薬を入れる時と、夜中の見回りくらいだ。血圧を測ったり、検査の時に誘導してくれたりするが、それ以外にこれといった関わりはない。

私たち患者が求めているのは、もっと、患者をサポートして欲しいということだ。私たちだって、自分の治療のミーティングに参加したいし、退院に向けた計画を立てたり、退院した後に、社会に戻っていくプランを一緒に考えたい。そしてその時は、上から押さえつけ、指示的になるのでなく、私の隣にいて一緒に考えてくれたらどんなにいいかと思う。一緒に人生を歩む人のように私の人生に寄り添って欲しい。私たちが望む看護とはそういうものだ。

広いこの世界で私たちだけ

散歩の許可が下りた次の週、すんなりと外出の許可が下りた。外出は駅前まで行ってきてもいいので、好きなものを食べたり、買い物に行ったりできると思うと、嬉しくて顔がニヤニヤしてしまう。他の入院患者たちから「いいなー、なんかお土産買ってきて」などと冗談を言われた。

退院までにはステップがあることが最近わかった。散歩、外出、外泊、の順に許可が下りた後、退院になる。もちろん、これは看護師から教わるのではない。入院して、周りの患者を見ていると大抵の人は外泊をした次の週に退院して行くのだ。

しかし、マキちゃんは外出も外泊もしていないのに突然退院が決まった。マキちゃんの母親が病棟内で、荷物をまとめながらマキちゃんと何か話している。マキちゃんがこんなにも早く退院できるのは、大企業の社長の娘だということに何か関係があるのだろうか。

「退院決まってよかったね」

私がマキちゃんに話しかけると、彼女は満面の笑みで、

「ありがとう。エリコも元気でね」

と言ってくれた。

私はマキちゃんの住所も電話番号も知らない。精神病院では個人情報を交換することが禁止されているのだ。精神病院という特殊な場所で、濃い時間を過ごしながら、もう一生会うことがないのが、とても不思議なことに思えた。学校の同級生なら、なにかしらの方法をとって会うことができるだろうが、ここで出会った人とは二度と会うことがない。

私はマキちゃんにもう会えないということよりも、マキちゃんの今後の人生を知ることができないのが寂しかった。今後、青酸カリに頼ることがあるのだろうか、青酸カリ以外の希望を見つけられるのか、マキちゃんの背中を見送りながら、この辛い人生を生き抜いてください、とそっと心の中で言葉をかけた。

外出の日、お昼頃にナースルームに入れてもらい、玄関まで看護師に付き添ってもらう。駅前で待っている父と母に会うために、バス停でバスを待つ。バスはいろんな路線が入り組んでいてわかりにくい。行き先があっているかバスの運転手さんに聞いたが、なぜか答えてくれない。精神病院の前から乗ったので、患者だと思って冷たくしているのだろうか。不安な気持ちのまま座席に着いた。持ってきた黒の小さな肩掛けバッグには小銭の入った財布とハンカチくらいしか入っていない。洋服も小綺麗なものがなくて、学生時代からずっとはいているボロボロの花柄のズボンとグレーのスウェットという有様である。今日は駅前でもうちょっといい服を買ってもらおう。あと、病棟内で履くサンダルもいいものが欲しい。病棟では一人暮らしのアパートでベランダに出るときに使っていたゴム製の外履きを履いているのだ。

顔を上げて、バスの窓から流れて行く景色を眺める。見慣れない景色を見ているとなんとなく不安になってくる。自殺未遂をしてから今まであったことが全部嘘だったらいいのにと思う。集中治療室に入ったことや精神病院への入院はとても褒められたことではない。時間を巻き戻したいと思いながら、どこまで巻き戻せば私は満足なのかと考える。就活で失敗した短大生活、友達がいなくて自殺を考えていた高校時代、小中学校ではいじめに遭っていたことを思うと、もう、母の胎内に戻るしかなさそうだ。私は一人で窓の外を見ながら自嘲気味に口角を上げた。生まれてきてよかったと言える人は世界中にどれくらいいるのだろう。

バスが終点を告げて、駅前に着く。バスを降りると父と母が私を見つけて手を振っていた。

「エリちゃん、こっち、こっち」

母は笑顔だ。父も競馬新聞を脇に抱えながら、手を振っている。二人はこんなダメな私を待っていてくれた。感謝しないといけない。

父に会うのは久しぶりだった。父はなんだか照れ臭そうな顔をしている。

「なにが食べたい、エリコ」

父に聞かれて、真っ先に、

「お寿司が食べたい」

と答える。正直、寿司以外の選択はあり得ない。寿司でなければ焼肉がいい。病院食が辛くてたまらないのだ。今日のお昼のラーメンは伸び切っていた。

父は「ははは」と軽く笑って、

「寿司屋に行こう。確か、あの中にあったぞ」

と言って駅ビルを指差した。

久しぶりに父と母と一緒に歩いていたら、私たちは親子なんだと思ってなんだか悲しくなった。私は子供の頃から二人が嫌いだった。酒を飲んで暴れる父も嫌だったし、父の暴力に耐える母も嫌いだった。それなのに、私が世界中で頼れるのはこの二人しかいないということはとても残酷だ。

三人で寿司屋に入る。熱い緑茶すら嬉しい。何しろ、精神病院ではノンカフェインが徹底されているので、出てくるお茶はほうじ茶だけなのだ。

「せっかくだから特上を頼もう」

父のいいところは気前の良さだと思う。店員に特上寿司を三人前頼んで、自分はビールも追加した。私にもビールを頼むかと聞いてきたが入院中だからと断った。

「どうだ、元気でやってるか」

出てきたビールをぐいと飲みながら父は私に聞いてきた。

「うん、元気だよ」

本当は少しも元気じゃなかった。お風呂には毎日入れないし、外に出られないストレスは相当だった。しかし、それを悟られないように必死に笑顔を作る。そんな私のことを気にもとめず父は次の話を切り出した。

「そうそう、そういえば、この間見た映画なんだけどな……」

私の父は基本的に自分の話したいことを一方的に喋る。私は自殺未遂にまつわることは話したくなかったから、父の一方的なおしゃべりに今回は助けられて、ウンウン頷いていた。母はいつも通りの父の横ですました顔をしていた。

しばらくしたら特上寿司がやってきた。私は我を忘れて寿司を口に運ぶ。中トロを口に入れて、思わず「うまい〜」と漏らしてしまう。寿司が美味しいのは当たり前だけれど、入院生活で生ものが食べられず、味の濃いものも、刺激のあるものも、すべて禁じられているので、脂身のある中トロは麻薬的な美味しさだった。食べると元気が湧いてくる。食欲をばかにしてはいけない。生きる上での根本的な欲求だ。私は特上寿司をペロリと平らげて、緑茶をすする。

「この後は、入院に必要なものを買いに行きたいんだけど、いいかな」

私がそう提案すると、父は、

「俺は、競馬があるから」

と、悪びれることなく答えた。私はちょっと驚いたが、止めようとはしなかった。父にとって最優先すべきなのは自分の楽しみであって、子供のことは二の次なのだ。

会計を父が済ませて、店を出た。

「じゃあな」

と、父は言って一人で駅の改札に向かう。時計をみると、2時間くらいしか一緒にいなかった。

「お父さんて、どうしようもないよね」

私は小さくなる父の背中を見送りながら、母に言った。

「うん、本当にそうね」

母も表情を変えずに私に同意した。

「エリちゃん、買い物に行こうか。駅ビルの中に無印良品があったわよ」

母に促されて買い物に向かった。

買い物が終わってまたバスに乗り、病院に戻る。私は買い物の最中にタバコを買っておいた。

なぜかというと、タバコは病棟内で週に1箱と決まっているが、それだけでは足りなくて、いつも、残り本数を気にしながら吸うのが嫌になっていたのだ。看護師に見つからないように、私は靴下のゴムの部分にタバコを挟んだ。昔、何かの映画で見た手法だ。仮にバレたとしても、謝ればいい、警察に連れていかれるような犯罪ではない。ナースルームで荷物検査とボディチェックを受ける。パンパンと足元まで叩かれたが、気づかなかったようで、私は病棟に通された。ホッとしたのもつかの間、急いで自分の病室に行き、密輸したタバコをベッドの上に置いた。私は早速そのタバコを持って喫煙所に向かい、いつもの仲間とおしゃべりを楽しむ。今日のご飯のこと、おやつのこと、入院患者のこと、テーマはいつも同じだ。しかし、話すということはとても大事だと思う。精神を病む人は孤独であることが多く、安心して話ができる仲間に出会えていないことがほとんどだ。私たちは人生のどこかで人から排除されて心を病んだ。私がここで安心して話をできる理由は相手も同じ病気だからだと思う。

月曜日、看護師たちのミーティングが終わり、恒例の許可が記された紙を見に行く。私は今週末に外泊できることになった。きっと次の週には退院が決まるだろう。早く外泊したくて、カレンダーを何回も見つめながら、ため息をつく。暇なので、リビングに向かうと卓球大会が始まっていた。私は卓球ができないけど、参加を申し込んだ。サーブすらうまく打てなかったが、みんな笑ってくれた。卓球というよりピンポンといった感じで、ゆるゆると卓球大会を楽しんだ。

外泊当日、母が迎えに来た。私は外泊を茨城の実家まで行くのかと思ったのだが、私が一人暮らしをしていた東京のアパートですることになった。自分が自殺未遂をしたアパートに行くのはちょっと嫌だったが、口答えするのも悪いので、母と一緒にアパートに向かった。

ドアを開けると懐かしい光景が広がった。狭い台所、積み重なった衣装ケース、ブラウン管の小さなテレビ。生きてここに戻ることはないと思っていたので不思議な気分だ。母と二人だと一人暮らしのアパートはとても窮屈だし、自殺未遂をしたアパートとあってなんとなく居心地が悪い。テレビをつけ、なんとなくそれを眺める。二人とも言葉をあまり発しなかった。夜が更けてきたので、二人分の布団を敷いたが、部屋はそれだけでいっぱいになってしまう。母と寝るのなんていつ以来だろう。

私は物心ついた時には兄と一緒に寝かされていたので、母と寝ていた記憶がない。私は、自分が犯した自殺という罪を思い、母と枕を並べていたら、なんだか悲しくなってしまい、ぎゅっと目をつぶった。広いこの世界で心臓を響かせ、呼吸をしているのは、私たちだけみたいな気持ちがした。

一晩をアパートで過ごして病院に戻った。病棟に戻るとゆみちゃんに声をかけられる。

「今から食堂で看護師たちが会議をするんだけど、患者も参加できるんだって。日頃の不満点を伝えていいってよ」

ゆみちゃんは真剣な顔だった。

「私も参加する！」

私はすぐに返事をして、荷物を部屋に置いてから、ゆみちゃんと一緒に食堂へ向かった。

食堂には白衣を着た看護師たちが集まっていた。患者は5、6人といったところだろうか。

「患者側から、病院に改善してほしいことがあったら言ってください」

看護師がそう言ったので、私たちは話し出した。

「テレビが壊れて8チャンネルしか映らないので修理してください」

「ソファが壊れて中のワタがボロボロ出ているので、新しいものを買ってください」

「お風呂が週に3回は少ないので、毎日入りたい」

後から後から患者の要望は飛び出した。それを看護師たちは頷きながら聞いてメモした。全てをメモし終わると解散になった。

「要望通るといいね」

私はゆみちゃんを見ながら言った。

「通るのかわからないけどね」

入院が長いゆみちゃんは悲観的だった。

月曜日、看護師たちのミーティングの後、いつも通りに散歩、外出、外泊、退院の人が張り出された。張り紙を眺めていると、退院のところに私の名前があった。私は体がわくわくした。やっと、退院だ！

今まではいつが退院なのかわからなかったので、毎日の生活が苦痛だったけれど、ゴールが見えるとそれがなくなった。つまらない入院生活も、まずい食事も耐えられた。後ちょっとでここから出られるのだ。退院をしたら何をしよう。まず、ビールを飲んで、ケーキを食べて、揚げ物も食べたい。そして、中野のまんだらけに行ってたくさん漫画を買いたい。友達にも会いたいけれど、会ってくれるのかと少し不安になった。退院したという連絡だけすることにしよう。

入院中に増えた荷物も片付け始めた。

「入院中に使っていたサンダルを持っているとまた入院するってジンクスがあるんだよ。だからエリコのサンダル私にちょうだい」

と、ゆみちゃんが言ってきた。サンダルは買ったばかりなので、ちょっと勿体無かったが、再入院は嫌なので、あげることにした。

退院の前にやっておきたいことがあった。それは、ボロボロのソファをどうしても直したいということだった。ゆみちゃんと一緒にナースルームに行ってガムテープをもらってくる。二人でワタが出ているソファの修繕をした。すぐにダメになってしまうかも知れないけれど、しないよりマシのはずだ。私から精神病院へのプレゼントだった。

退院前日、あまり話したことのない女の子が私にティッシュに何かを包んで渡してくれた。

「退院おめでとう」

そう言って私にプレゼントを渡した彼女の瞳は小さく震えていた。私のことを憧れの瞳で見ていた。

「ありがとう」

そう答えながら、プレゼントを受け取った。そうしたら、その子はくるりと背を向けて自分の病室に走って帰って行った。ティッシュの中には香水瓶が入っていた。ガラス製品は持ち込み禁止なのに、大切なものをくれてありがとう、もう一度心の中でお礼を言った。

病室に戻ると、相部屋のおばさんがハンカチをくれた。黄色のハンカチの端には綺麗なレースがついていていた。

「このレース、私が編んだのよ。退院したら使ってね」

私はなんだか心がこそばゆかった。ここの人たちは優しいと思う。たった数ヶ月一緒にいただけなのに、心から他人のことを祝うことができるのだ。ゆみちゃんは綺麗な絵を描いて私にくれた。私はみんなからのプレゼントを持って明日退院することになった。

退院当日、母が来て一緒に荷物を持ってくれた。みんなが手を振って見送ってくれる。さようなら、もう二度と会うことのない仲間。ナースルームに入ると病棟側のドアに鍵がかかった。もう二度とここに入ることのない人生を送れますように。1階に行き、母が退院の手続きをすませる。私はぼうっとして母を待っていた。病院の玄関を出て、母と一緒に駅に向かうバスを待つ。バスの本数は少なくて、次のバスがなかなかこない。私はすっかり冷たくなった秋の風を受けながら青空を眺めた。私の人生は一度終わってしまったけれど、もう一度始まるのだ。嬉しいような怖いような不思議な気持ち。次からの人生はきちんとしたものになりますように、と青空の向こうにいる神様に向かってお願いした。大丈夫ですよ、と聞こえた気がした。

当事者の立場

2

私ではなく、「問題」が問題なのだ
――多量服薬の当事者研究

退院してから、東京のアパートを引き払い、茨城の実家に戻った。身辺整理が落ち着いてから、私は本棚からある本を取り出した。『べてるの家の本』という自費出版で出された本だ。この本は私が短大生の時に、先生からもらったものだ。「私よりも、あなたが持っていた方がいいから」そう言って先生は1冊しか手元にないその本を私にくれた。私はパラパラとその本をめくる。北海道の過疎地、浦河町にある「べてるの家」では精神障害を持つ人たちが毎日、問題を起こしながら、生きて暮らしている。読み進めるうちに自分の心が穏やかになってくるのを感じて、べてるの家の本を買い集めて読みふけるようになった。べてるの本の中に、「精神疾患の当事者は周囲から問題のある人として扱われることが多い。しかし、その人が問題なのではなく、問題が問題なのだ」とあって、私はハッとした。私はたくさんの薬を飲み、自殺未遂をする「問題のある人」だと思っていたし、周囲もそういう扱いをしてきたけれど、「私」が問題なのではなくて、「多量服薬」が問題なのかもしれない。

私はべてるの家の本を読むだけでは飽き足らなくなり、関東地方で行われているべてるの家の集まりに参加した。精神病院を退院してからも、私は多量服薬をして自殺を図り、何回か入院した。職にもつけず、実家で過ごしている状況の中、私は自分のことを研究して、自分の問題についてまとめることができた。以下で紹介するのは、当時の体験をもとに当事者研究としてまとめた記録だ。

当事者研究「多量服薬という魔球の研究」

＊当事者研究について

当事者研究とは北海道の浦河町にある「べてるの家」で取り組まれている実践です。病気をもっている人は問題のある人、と見なされがちですが、「人」と「問題」を分けて考え、その「問題」にどうやって対処していけばいいのかということを当事者、仲間、支援者で考えます。その当事者が研究したことは、同じ苦労をしている当事者の助けになります。

当事者研究で大切にされているのは「弱さの情報公開」です。個人情報保護が叫ばれる現在ですが、本当に隠しておかなければならないことは数少ないのではないでしょうか。

自分の弱さや苦労をみんなの前で公開すると、その場は和やかになります。それは、弱さや苦労がその人だけのものでなく、みんなが抱えているものだからで、弱さによって、人は安心して繋がれるのです。

当事者はこれまで、病気の治療において、「治してもらう」という立ち位置でした。けれど、当事者研究では「自分が自分自身の専門家」になります。周りの人の手を借りながら、問題を眺め、今までの自分の助け方（自傷や暴力など）よりも、もっと良い助け方をみんなで考える。そういう取り組みです。

＊はじめに

私は21歳の時に初めて多量服薬をしました。友人が発見してくれて、病院に救急搬送され、ＩＣＵ（集中治療室）で１週間治療を受けて、その後は精神病院に入院しました。退院して実家に戻ってからも３回多量服薬をしました。10錠くらいの少ない数も入れたら回数はもっと上がります。最高で４００錠以上飲みました。10年以上にわたって多量服薬を繰り返し、もうこんなことはしたくない、という思いから研究することにしました。

＊苦労のプロフィール

私の家庭は典型的なＤＶ家庭でした。父はお酒を飲んで暴れるし、お金も給料の半分しか入れていませんでした。そんなこともあって、うちはとても貧しかったです。学校の教材で裁縫箱を買わなければならなかったのですが、買ってもらえず、母親が用意したのはお菓子の空き缶でした。そんな状態なのに、父は毎日タクシーで家まで帰ってきていました。

小学校ではいじめに遭っていて学校に通うのが苦痛でした。その一方でおしゃべりがなかなか止められない子供で、授業中もうるさくしてしまって、あるクラスメイトが私のことを先生に「迷惑」だと言ったらしく、放課後に担任に呼び出され「小林、お前はクラスのみんなに嫌われている」と言われました。絶望的な気持ちになり、学級崩壊を引き起こしました。生徒指導室にもよく呼ばれましたし、校長先生に目をつけられるくらい荒れた生徒になりました。

高校は第一志望の高校に行きましたが、友達を誰一人作らないと決めて、行動していたので、毎日孤独でした。この頃から眠れなくなり、精神科に通うようになります。自殺を考え始めたのもこの頃です。大学は美大に行きたかったのですが、親に反対され、美大に行けないなら、フリーターになると言っていましたが、「とにかく大学へ行け」と家族に説得されて、全く行きたくない短大に進学しました。就活は一社も受からず、就職浪人しました。実家にしばらくいたのですが、朝から酒を飲んでばかりで、友人の勧めもあり、東京で一人暮らしを始めました。求人雑誌で編集プロダクションの仕事を見つけ、働き始めたのですが、月給12万円のブラックな会社で、自殺を図って退職しました。

その後、実家に戻りますが、再就職しようとしても、どこも受からず、精神的に落ち込み大量に薬を飲むのを繰り返していました。精神科のデイケアに通ったりしていたけれど、多量服薬はやめられませんでした。その後、生活保護を受けましたが、ここでも多量服薬をしました。現在はNPO法人で働いています。

＊研究の目的

私と同じように多量服薬を繰り返している人は多いと思うので、同じ苦労をしている人たちの助けになればという思いから研究することにしました。また、自分自身、多量服薬でかなりのお金がかかっているのと、体への負担が大きく、もうこの行為をやめたいという気持ちから研究することにしました。

＊研究の仕方

東京近郊で行われている当事者研究の集まりで、支援者や当事者の人たちと一緒に行いました。

＊研究の内容

「死にたい」ということ

「死にたい」には色々な意味があります。「仕事でミスをした」「人から嫌われている気がする」「寂しい」「眠れない」「お腹が減った」「暇すぎる」「疲れた」「社会の役に立っていない気がする」など。このようなことを全て「死にたい」の一言で表します。「死にたい」は魔法の言葉でありとあらゆる苦痛を表現できる言葉だと思っています。

なぜ、薬をたくさん飲むのか

薬を飲むということの裏には意図があって、「自分はこんなに苦しんでいる」という周囲へのアピールになります。そのため、ビタミン剤をたくさん飲んでも意味がありません。自分の体を害するような薬でなければダメです。そして、数が多ければ多いほど、自分の本気度が伝わるので、多いほうが好ましいです。

多量服薬のサイクル

昼間にどこにも行くあてがないとき、バイトの面接に落ちたとき、特に何もないけど、暇でイライラしているとき、「死にたい」という言葉で周囲に表現します。周りの人たちは「死にたい」と聞いて慌てます。苦しい状態から逃れられないとき、自分の苦痛を「多量服薬」という「魔球」で表現します。私が伝えたいのは「昼間暇で寂しい、バイトに落ちて悲しい」ということなのに、相手の人は「多量服薬」という「魔球」で投げ返されるので、どう対応していいかわかりません。

多量服薬をすると、救急車で運ばれて入院することになります。そうすると、今までやることのなかった私は「患者」になることができて、目的ができます。病院では看護師さんたちが私についていてくれて、優しく接してくれるので、嬉しくなります。胃洗浄や人工透析などもありますが、自宅に一人でいるよりはずっとましです。

1週間くらいで、治療は終わってしまい、そのあとは精神病院に入院することになります。精神病院に入院すると「退院」という目標ができます。目標のために、真面目に入院生活をこなします。

退院して、自宅に戻りますが、自殺未遂により、主治医や家族、友人からの信頼を失います。入院中にはたくさん周りに人がいたのに、退院するといなくなってしまって孤独に陥ります。そして、「人生の目標」がない状態に再度置かれます。やるべきことや、行くべき場所が見つからず、イライラしてしまって、また多量服薬を繰り返してしまいます。

自分の助け方

「死にたい」が口癖になってくると、「なぜ、死にたいのか」をあまり考えなくなってきます。一度、支援者の人に、「死にたい」と電話をしたときに、「お腹が減っているんじゃないの」と言われ、作り置きしていたカレーを温めて食べたら死にたい気持ちがなくなったことがあります。私の体が空腹により、誤作動を起こしていました。

今までは、いつも、自分一人で苦労を抱え込んでいました。相談することもできず、困り果てたのちに、「多量服薬」という「魔球」を使って、ＳＯＳを発信していました。しかし、多量服薬で人と繋がったり、ＳＯＳを出すのはお金もかかるし、体もボロボロになります。これからは、言葉で人に自分の苦しみを伝え、信頼できる支援者を見つけることが大切になってくると思います。

私は現実の苦労から逃げて、病気の苦労に依存していました。現実の苦労はボリュームがあり、対応するのが困難なのです。仕事を探すこと、仕事を続けること、人間関係、そのほかに、暮らしを維持するためには、掃除をしたり、ゴミ出しをしたり、そういった細かな問題もあります。そういった現実の苦労のことを考えると、処理しきれなくなって病気の世界に逃げます。しかし、病気の苦労ばかりを背負わずに、現実の苦労と向き合い、恐れずに他者とつながることが大事だと思います。

人と共に生きること、孤立しないようにすること、暇な時間をうまくやり過ごす術を持つことが肝要です。

この研究を振り返ってみて

この研究は私が33歳くらいの時に行った研究です。この研究をしてからは、多量服薬をしていません。現在、仕事をしており、昼間に暇になることが減ったせいか、「死にたい」という気持ちは昔に比べたら随分減りました。今、当時を思い返して思うのは、私にとって、生き延びるために多量服薬は必要なものだったということです。それくらい、私は人生において、することがなく、社会に居場所がありませんでした。私は、多量服薬する精神疾患の患者としてでもこの社会での立場を得たかったのだと思います。

今は仕事を持ち、文章の仕事ももらえているので、随分と状況は良くなりました。この良い状態が長い間持つようにと祈るばかりです。そして、ダメになってしまったときには、この研究を思い出そうと思います。

忘れられがちだが、病気を治す主体は当事者である。だが、病気は医者が治すものだと思っている人は多い。浦河べてるの家の医者、川村敏明医師は「治せない医師」を標榜しているそうで、とても好感が持てる。病気というものはきちんと意味を持っている。栄養が取れてなくて疲れているときに、風邪を引いてしまうということは、体が「休ませてくれ」と言っているのだ。そして、うつ病や統合失調症にも意味がある。私の多量服薬にも漠然と意味があった。病気を嫌なものとして、排除しようと躍起になっていたが、病気が語りかける言葉に耳を傾けることは大切なのだと実感している。

当事者研究は最近、広がりをみせていて、べてるの家以外の場所でも取り組まれるようになってきた。研究という言葉はワクワクする。あらゆる権利や未来を奪われてきた当事者がもう一度言葉を取り戻す手段として、もっと広がりをみせて欲しいと願う。

精神障害者に雇用を

私は現在、週5日でNPO法人の事務のパートをしている。勤めて数年経つが正社員の話は出てこない。

事務局長から「小林さんは仕事ができるんだから、うちの職場より、もっと条件がいいところに就職した方がいい。障害者手帳を持っているんだし、障害者雇用枠で仕事を探してみたらどうか」と何度か言われた。

私も一生パートで暮らすのは心もとない。生活するので精一杯で、貯金もあまりできていない。ボーナスがもらえない生活というのは余裕が生まれなくて、アパートの更新の時は肝を冷やすし、10年使い続けたバスタオルを買い換えるのも躊躇してしまうくらい生活は逼迫《ひっぱく》している。私は転職を考え始めた。年齢的に厳しいかもしれないけれど、障害者枠で正社員になれないものだろうか。

職場から、そう離れていないところにハローワークがある。私は仕事が終わってから、ハローワークに通い出した。ハローワークカードを作ってもらい、障害者の求人を探す。障害者だと、通常の求人よりも給料が安いと聞いていたが、確かに月給18万くらいのところはなかなかみつからない。転職するなら今よりも条件がいいところに行きたいと思うのが人間だ。2ヶ所だけ条件のあうところを見つけた。求人票をプリントアウトして、窓口で履歴書の書き方の冊子をもらう。書き終わったら見せてくださいといわれ、帰途についた。

自宅で、冊子を見ながら履歴書を作成する。自分の履歴書を書くのは久しぶりだ。資格の欄に何も書けないのが情けない上に、職歴も空白が目立つ。しかし、今働いている職場を書くことができたのは誇らしく感じた。職務経歴書も見本を見ながら書き始める。自分に自信がないので、こういった類のものを書くのはとても苦手だ。それでもなんとか、立派な言葉を並べ立てる。次の日に、ハローワークに行って履歴書と職務経歴書を見てもらう。何ヶ所か直してもらう。今までハローワークに来たことがなかったけれど、こういう風に指導してくれるのは本当にありがたい。短大生の時の就活は友達で就活している人がおらず、情報交換ができず、自分の就活があっているのか間違っているのか、わからなかった。ハローワークの職員が直した履歴書と職務経歴書を読み返すと自分はとても立派で、どこにでも受かりそうな気がした。希望の会社に提出するために、プリントアウトした書類を留めるホチキスが曲がらないように気をつけたり、書類をクリアファイルに入れたりした。書類だけでも通りますように、とポストに投函しながら願ったが、1週間後にお断りの手紙がきた。その後も、何社か書類を提出したが、一向に受からず、転職の意思が揺らいだ。

それでもめげずに、ハローワークで求人を探していた時に、障害者専門の合同面接会の情報を職員の人が教えてくれた。一社ずつ書類を送るよりも、一気に面接した方が効率はいい。これなら可能性があるのではないかと思い、私は古いリクルートスーツを引っ張り出して、勇んで会場に出かけた。


朝早く電車に乗り、会場に向かう。会場の前には、私と同じようにリクルートスーツを着た人たちがたくさん並んでいた。これがみんな障害者なのだと思うと、ちょっとびっくりした。傍目にはどこに障害があるのかさっぱりわからない。まあ、私も同じように他の人からは見えているのだろう。

合同面接会の開会式が始まった。

司会者が放送で、

「どのような障害を持っていても、差別は許されません。企業の方も障害の種類によって差別をしないようにしてください」

という注意を会場に流していた。

私はあらかじめ目星をつけていた会社の面接カードを取りに行った。月給が18万円の特例子会社だ。特例子会社とは企業が作った障害者の雇用のための会社で、障害に配慮してもらえると言われている。私は急いで面接のカードを取りに行ったけれど、もうすでに一枚も残っていなかった。めげそうになるが、他にも気になる会社があるので、そこに向かう。まだ、カードを配布していたので、ホッとする。列に並び、面接に挑む。志望動機を聞かれ、あらかじめ用意していた言葉を口にする。私は背筋をピンと伸ばし、目線を相手の鼻のあたりに向けて、堂々と喋った。面接官は私の履歴書を見ても、あまり質問をしてこなかった。あっという間に面接が終わってしまい、私は物足りなさを感じた。

「何か質問はありますか？」

面接官にそう問われ、私は気になっていることを聞いた。

「御社では、精神障害者を雇用した経験はありますか？」

面接官は間髪容れず、

「ありません」

と答えた。私はやっと理解した。面接官があまり質問してこなかった理由を。私が精神障害者だからだ。私はお辞儀をしてその場を離れた。

私はバカだと思う。なぜ、もっと早く気がつかなかったのだろう。障害者といっても種類があり、その種類の中で、精神障害者は一番下だということに。企業が欲しいのは定期的に通勤ができて、仕事をそつなくこなす障害者なのだ。身体障害の人は企業のニーズに応えることができる障害者だ。メンタル面で問題もないし、パソコンの技術にも問題がない。もちろん、身体障害の人は、職場のインフラを整えないといけないが、きっと、インフラに投資してもそれ以上の働きが精神障害者よりも期待できるのだろう。もちろん、どんな障害を抱えている人にも、それによって様々な苦しみがあるのだが、就職では精神障害者は不利だ。

それに、2018年4月、障害者雇用の義務に、精神障害者が加わったのだが、これは裏を返せば、今まで、企業は精神障害者を雇用するのを避けていたということに取れる。国が雇用を義務付けなければ、企業は取ろうとしないのが、精神障害者だ。

精神障害者は、調子に波があり、休みがちになることもあり、どう対応したらいいのかわからないという企業の人がほとんどだ。精神疾患の正しい知識はメディアからなかなか与えられず、入ってくるのは凶悪事件が起きた時の精神鑑定という情報なのだから恐れるのも仕方がない。ネットでは精神疾患に理解のある記事を見かけるが、読みに行く人はもともと興味があり、好感を持っている人なので、そうでない人はクリックしないと思う。

私はなんだか、落ち込んでしまって、会場をウロウロした。全く面接の人がきていない企業があって、気になって、なんの会社か調べてみた。有名な会社だけれど、月給が11万とあった。11万といったら生活保護費以下だ。どうやって暮らすのだろうか。障害者雇用枠の会社はどこも給料が15万とかそれくらいのところが多くて、私はうんざりしていた。15万では生きるだけでやっとだ。障害年金があれば余裕で生活できるけれど、できれば年金がなくても、生活できる給料のところに行きたい。

しかし、そんな企業など見つからないし、精神障害の自分は不利だ。ただ、精神障害者には病気を隠しての就職という手もある。けれど、私は、健常者と同じくらい働ける自信がないし、主治医は平日しか診ていないので、早々に諦めた。

私は現在、障害を持って働いている。パートタイムで短い時間だけれど、勤続年数も増えてきて、5年以上は経っている。毎日の仕事は単調だけれど、嫌いではない。毎日お弁当を作っているし、休日は銭湯に出かけたり、市営プールに泳ぎに行ったり、好きな映画を見たりしている。

思えば、実家で母と引きこもっていた時や、デイケアしか行く場所がなかった時に比べて信じられないくらい元気になった。昔は、一生、母と死ぬまで暮らさなければならないことに絶望して、多量服薬を繰り返していた。生活保護を受けて一人暮らしをしていた時でさえ、デイケアしか行く場所がないことが嫌で、逃げるように薬を大量に口に放り込んでいた。

自分の回復を思うと、障害者にこそ、労働が必要なのだと思う。仕事をすることによって社会とコミットし、孤独という病に襲われないですむのだ。そして何より、仕事をしてお金を得るということは尊いことだ。

精神障害者は働けないのではなく、働く力が健常者より少ないのだと思う。健常者の働く力が10だとしたら、5とか3くらいなのだ。それくらいしか働けないのなら、働かなくていいというのは国にとっては損失だと思う。今まで0だった労働力が3や5になるなら、働いてもらった方がいいのではないだろうか。当事者にとっても、引きこもったりすることなく、仕事ができるようになるのは、誇りにもなり、良い効果が生まれると思う。だからと言って、賃金を安くするのは当事者から自立の機会を奪うことになる。やはりここは、国が一定の収入を保証するべきではないだろうか。賃金では足りない分の生活費を福祉で保証することによって、地域で暮らせる障害者は増えてくる。それが、難しいのなら、公的な住宅をもっと増やすことだ。日本の住宅はあまりに高い。市営住宅や県営住宅は倍率も高く、不便なところにある。私も県営住宅にずっと応募していたが、倍率が100倍なので、何年経っても当たらず、諦めた。

貧困に陥りやすい障害者にこそ、手厚いサービスが必要不可欠であり、親殺し、子殺しなどの凄惨な事件を防ぐ一歩なのだと私は考えている。

当事者の家族

精神疾患になって、当事者研究をするようになってから、私はいろんな講演会に顔を出すようになり、自分の当事者研究を発表する機会が増えた。研究を発表するのは誇らしい。普段ならあまり口にすることができない「多量服薬」について語ることができるし、同じような苦労で苦しんでいる当事者の助けになると思うと嬉しくなる。隠さなければいけないとされる精神疾患やその症状を人前で話すことは自尊心の回復にも繋がる。

思えば、私たち当事者は長い間、存在を隠されてきた。過去に精神疾患の患者を自宅監置してきた歴史もあるし、最近でも、精神疾患の子供を隔離して、十分な食事を与えず、殺してしまった事件もある。親たちは子供の病気を恥ずべきもの、隠さなければいけないものと捉えている。そして、その意識は子供にも伝染する。私も精神科に通院する時、自宅から遠い病院に行くようにと親に言われた。近所の人に見つからないようにするためである。私はそれから自分が恥ずかしい存在だという意識が芽生えるようになった。

初めて当事者研究を講演会で発表するため、自宅でパソコンを立ち上げて初めてパワーポイントに触った。ネットで使い方を検索しながら、当事者研究をまとめていく。初めて触るソフトなので、最初はうまくいかなかったが、時間が経つにつれ徐々に慣れてきた。パソコンで文字を打ちながら、自分がしてきた多量服薬という罪が、研究という言葉の力で浄化されていくのを感じる。まとめるのに数日かかったが、満足のいく出来になった。

パワーポイントの作業が終わってから、台所に行って冷蔵庫の麦茶を出してゴクゴクと飲む。講演会に出るのが楽しみで仕方なかった。社会から隔離されてきた精神障害者だからこそ、人の役に立つという感覚が誰よりも欲しいのだと思う。人と接することなく、社会で働いていない状態が続くと、人は誰かの役に立ちたいという気持ちが芽生えてくる。普通に働いて生きている人は、日々の仕事や雑務で人と接し、助け合うという感覚を常に持っていて、それが当たり前になっているけれど、私のような障害者にはそれがない。働くことで社会にコミットできれば一番いいのだけれど、それができないから、当事者研究という手段を選んだ。研究は私にやりがいと役割を与えてくれたのだ。

講演会当日、私の当事者研究に聴衆は真剣に耳をかたむけていた。こういった講演会は、当事者よりも当事者の家族の方がよく来ている。当事者は精神疾患になったことで、エネルギーがなくなっているし、回復しない自分に対して、投げやりになっている人も多い。それは私自身が一番よくわかる。私もこういった講演会に自主的に来るまで10年はかかっている。自分で興味を持ってこの場に足を運ぶまで勇気が必要だったし、講演会の主催者やその考えに賛同できないと訪れることは難しい。

私が多量服薬の当事者研究を発表し終わった後、司会者が「何か質問はありませんか」と聴衆に問いかけた。

おもむろに年老いた父親と思しき人が手をあげる。司会者が指して、マイクを回す。

「研究を聞かせていただきました。確かに、あなたも多量服薬をして、こうして研究をして大変だったと思います。けれど、うちの子はもっと大変な思いをしている。もしかしたら、今日明日にでも、本当に死んじゃうかもしれないんだよ!」

年老いた父親は怒りで語気を強めた。私はびっくりした。なんと答えていいかわからない。父親はさらに自分と子供がどれだけ苦労をしてきたかを語り始めた。父親の横で、母親と思しき人がオロオロしている。年老いた父親はこと細かに子供のことを話し始めた。何歳の時に発症したか、入院を何回したか、変わりゆく病名までこと細かに語りだす。しまいには飲んでいる薬のミリ数まで発表された。聴衆は黙って聞いていた。こういうシーンはとても多い。親からぶちまけられる自分の子供の語りはあまり癒しにならない。当事者が自助グループで自分のことを、言いっぱなし、聞きっぱなしの空間で話し続けるのとは少し違う。ここは、自助グループではない。何か建設的なことをしたくて集まっているはずだ。全国に家族会があるけれど、親のこういった不満や行き所のない感情を受け止めてくれる場になっていないのだろうか。精神疾患の子供を持つ親たちだからこそ、苦悩は共有されなければならない。いつでも傷を癒すのは、同じ困難の渦中にある人の言葉なのだから。

私は長い時間、年老いた父親の話を聞き続けた。聞き続けていると、生きてここにいる私が悪人のように思われてきた。私は良いことをしていると思って、意気揚々と研究をまとめたけれど、それは良くないことだったのではないか。少なくとも、目の前のこの人はとても不機嫌なのだ。

しかし、年老いた当事者の父親は自分の子供が死んじゃうかもしれないというが、私も何回も死にかけている。医者から「死んだり障害が残ったりしても、文句は言いません」という念書を親は書かされているし、実際、3日間ほど意識不明だった。そのあとの多量服薬も、人工透析などかなり大きい処置をしていて、本当に「死んじゃうかもしれない」状態だった。けれど、そのことは口に出さずに我慢した。当事者の父親は思ったことを全て口にしたが、私は口をつぐんだままだった。多分、この父親が望んでいるのは、自分の子供の回復だけで、私や他の当事者のことはどうでもいいのだと思う。それは、親である以上、仕方ないのかもしれない。

けれど、このような父親はまだいい方だ。他の講演会でも同じ多量服薬の研究を発表した。そこに、子供と一緒に参加している父親がいて、私の研究を見て、こう述べた。

「素晴らしい研究でした。特に、パワーポイントを使えるのが素晴らしい。うちの子供はパワーポイントを使えない。うちの子は本当に何にもできやしないのです」

私はそれを聞いて、

「いや、パワーポイントは誰でも使えますよ。私じゃなくて、パワーポイントを作ったマイクロソフトが凄いんです。息子さんだって練習すれば使えますよ」

とフォローした。父親の隣で当事者の息子は黙りこくって小さくなっていた。なぜ、子供の前でこんなことが言えるのだろう。私はなんとなく、息子が病気になった理由を察した。きっと子供の頃から「あれもできない」「これもできない」と言われてきて育ったのだろう。子供にとって親は絶対的な存在である。褒められたり、認められたりすることで自尊心を養っていくのに、こんなことを言う人と四六時中一緒にいたら自分を大事にできなくなる。病気であろうとなかろうと、自分の子供に尊厳をもって接することはとても大切だ。この親がすべきことは、子供が病気によってできなくなったことを認めて、できることを応援することだろう。

それに私だって回復はしていない。回復とは回復し続けることであって、結果ではないのだ。私は一生病気であって、できないことや諦めなければならないことは健常者より多いと思う。けれども、私は私の人生を満足する形で生きていきたい。私のような心持ちまでいかない当事者の人もいるかもしれないが、私も昔は全てを諦めて絶望していた。全ての精神障害を持つ当事者が、満足のいく人生を送れるように、周りの支援が必要だ。良い医療、当事者を支えるワーカー。グループホームや就労移行支援事業所などの社会資源の充実。しかし、残念ながら日本の医療はまだそこまでたどり着いていない。

当事者の親は子供のダメなところばかりが目につき、指示的になる。子供ができていることに目がいかない。本当は、病気であろうとできることや良いところはたくさんあるはずなのに、病気ばかりに目がいってしまって、健康な本来の部分が見えなくなっているのだ。親には当事者の良い部分を見つけるように努力してもらいたい。そして、親自身にも回復して欲しい。

私は常々、当事者の家族も回復しなければならないと思っている。病気になった子供とのかかわりに疲れ果てている親は多い。子供が精神疾患になったことで、親もうつ病になることが少なからずある。そして、信じられないくらい公的サービスは不足している。家に引きこもりがちになる当事者のためには訪問看護の充実が望まれるが、まだまだ少ない。

それに、当事者の親には過干渉な人が多い気がする。あれをしてはダメ、これをするのもダメ。親である自分の方が世の中をわかっているのだから、間違えないようにしてやりたい。しかし、それはとてもおこがましいことだと思う。私たち当事者は間違えないように、失敗しないように、と周囲に指示されることで、失敗する権利を失ってしまった。本来ならば、自分で選び、それが間違いであろうと、選ぶことが大事なのではないか。そうやって人は成長していくものなのだから。

精神疾患の子と親は同居していることが多いが、早いうちに別居した方がいいと私は考える。私も親とずっと同居していたが、いい結果は生み出せなかった。私は母に依存的になっていたし、母も私の世話に一生懸命になってしまって、成人した人間同士の暮らしとは言えなかった。たしかに、親にとっては、自分が死んだあとの子供の生活のことは心配でしょうがないと思う。しかし、考えてみて欲しい。子供から失敗する権利を奪い、自立する可能性をジリジリ浪費しているのは親なのだ。使える公的サービスはいくつかある。障害年金を受給したり、グループホームを使ったり、生活保護を利用するのもいい。もちろん、子供のことが心配だという親も多いだろうし、当事者も自信がない状態の人が多いかもしれない。しかし、親が死んだあと、一人になって生活保護を受けて元気に暮らしている当事者は意外に多いと本で読んだ。思い切って離れてしまえば、なんとかなるのだ。もちろん、今までの生活を手放す勇気が必要だ。親と子が手を離すこと。それがきっと、回復への一歩なのだ。

薬の副作用の話

私が初めて精神薬を服用したのは高校生の時だった。抗うつ薬と睡眠薬を処方され、毎日飲んでいた。症状はいくらか緩和されたが、体重が1ヶ月で3キロ太った。私はびっくりして次の診察で主治医に、

「体重が3キロ太ったんですけど、薬が関係あるんでしょうか？」

と聞いてみたら、

「関係ありません。あなたの不摂生じゃないの？」

と言われた。

私は薬を飲み始めてから、これといって生活習慣を変えたわけではなかったが、薬が関係ないとわかったので、激しいダイエットを始めた。ちょうど夏休みだった。私は友達がいなくてなんの予定もないので、ひたすら腹筋やスクワットをして、食べる量を大幅に減らした。夕食のトンカツの衣は剥《は》いで食べた。ご飯は半分以下にした。その甲斐があって体重は1ヶ月で3キロ減った。しかし、夏休みが終わって、また普通の生活を始めたら体重は元に戻った。まだ、

高校生の私は思春期真っ最中で、体重増加は、辛くて仕方なかった。

成人して、勤めた会社がブラック会社だったため、私は自殺未遂をして会社をやめた。そのあと、しばらくしてから、精神科のデイケアに医師の勧めで通い始めた。デイケアには太っている人が多くて少し不思議に思った。

そして、デイケアの「お薬教室」という薬の勉強の会で、精神科の薬は副作用で太ると初めて知った。そのほかにも口渇《こうかつ》といって、口がやたら渇いたり、眠気が強くなったり、便秘になったり、手指が震えたりと、数え切れないくらいの副作用があることがわかった。私も何個か心当たりがあった。私の最初の主治医は「あなたの不摂生」と切り捨てたが、本当は副作用だったのだ。なぜ、正しい薬の知識を主治医は教えてくれなかったのだろうか。

私の副作用で特に酷かったのは、便秘と体重増加だった。1週間便が出ないのは当たり前になり、いつもお腹が張って苦しかった。体重もみるみるうちに増加して、薬を飲む前は47キロだった体重はいつの間にか60キロ近くなり、頭がボーッとしていることが多くなった。このままではいけないと、私は一念発起して、ダイエットに取り組んだ。ネットで、食物のカロリーを全て調べ上げ、1日のカロリーを1200キロカロリー以下に抑えた。毎日ウォーキングを欠かさず、雨が降っても外を歩き続けた。お腹が減ったら寒天ゼリーを食べた。まるで強迫神経症のようだったと思う。体重を減らすことしか頭になく、お腹が減っていつもイライラしていた。社会復帰するには痩せてからでないといけないとすら思っていて、太っていることが許し難かったのだ。半年で10キロのダイエットに成功したが、また数年たつと薬の変更や、増量で体重が前にも増して増えてしまい、最高で80キロ近くなってしまった。その頃の薬の量は1日で30錠近くて、この頃が人生で一番辛かったと思う。太りすぎてしまい、着る服がなくなって、ウエストがゴムのズボンばかりをはいていた。流行っている洋服は入らないので、おしゃれはできなくなった。薬の副作用で動作は緩慢になり、足を引きずるようにして歩いていた。頭はぼんやりしていて、考えるスピードが遅くなった。それなのに、食べることばかり考えてしまう。薬の副作用で食欲が増進していたのだ。

この頃、母に誘われて、九州の方に旅行に行った。現地で牧場を見学した後、牛肉のカレーの試食があった。みんな遠慮して少ししか食べないのに、私は一人でガツガツと全種類のカレーを貪っていた。

母に、

「みっともないからやめなさい」

と叱られた。

精神薬によって、増幅された食欲は、公共のマナーすら守れなくなっていた。一番太っていたこの頃、私は一番、外界との接触がなく、引きこもっていた。それを案じてか母は随分と旅行に連れて行ってくれた。写真が残っているが、その写真の私は見たことがないくらい膨れ上がり、どの写真も目が死んでいた。楽しいリンゴ狩りをしているのに、目が笑っていない。もう、病気が悪いのか、薬が悪いのかわからなくなっていた。

便秘がひどいのも大きな問題だった。とにかく一日中苦しく、トイレにこもっても便が出ないのが当たり前で、私はとうとう下剤を処方された。それで幾分か楽になったが、結果的に薬の量は増えた。抗うつ剤に、睡眠薬に、下剤。下剤を処方されても、しばらくすると効きが悪くなってきて、また便が出なくなってくる。そして、さらに強い下剤を出してもらう。そういう悪循環にハマっていた。私は最終的にイチジク浣腸を自分で使用するようになった。病気を治すために薬を飲んでいるだけのはずなのに、なんでこんな屈辱的なことをしないといけないのだろう。

母が色々と勉強してくれて、全ての食事を作る時に、オリゴ糖を入れるようになった。オリゴ糖は便秘解消にいいのだ。私はしばらくして、お腹が楽になった。

薬の副作用で体重が増えたり、便秘になったりしているのだから、原因の薬を減らせばいいのだがそううまくいかない。薬は、増やすのは簡単だが減らすのはとても難しい。増えた薬に慣れきった体から薬が抜けると、離脱症状というのが起こる。私は耳鳴りがひどくなったり、落ち着かなくなったり、頭痛がしたり、とにかく苦しかった。シャンシャンと耳の奥から音が聞こえてきて、どこかの家がサッシを開け閉めしている音かと思い、外を見るとそんな気配はない。自分が聞こえているのは幻聴なのかと不安になった。

薬が減ると、うつの症状が出てきて、死にたい気持ちが強くなるし、睡眠薬を減らすと、眠れなくなる。結局、どっちをとるのかということなのかもしれない。私は豚のように太り、死にたい気持ちを抱えて、眠れない夜を過ごしていた。常に喉が渇き、ペットボトルが手放せない。どこから手をつけたらいいかわからないというのは、医者の方も同じだったのかもしれない。

他にも統合失調症と診断された時に、投薬された薬の副作用でアカシジアというのがあり、始終、体がムズムズして動かさずにいられなかった。気晴らしに映画をみようと思い、勇気を出して映画館に行ったのだが、椅子の上でじっとしていることができない。足や手をずっと動かしていないと気持ちが悪い。私は2時間椅子の上で体を動かしていた。映画の筋は頭に入ってこなかった。薬を飲むことによって奪われる楽しい日常。楽だったのは寝ている時くらいだった。眠るのも難しいが、寝てしまえば、意識がなくなる。私はずっと意識がない状態に憧れていた。だから私は自殺したかったんだと思う。

医者に副作用のことを伝えるのも考えものだ。伝えれば副作用止めが出るが、結局、薬の量は増えてしまうのだ。

薬を服用している人は血液検査を定期的に行ったほうがいいそうで、精神薬を飲むことは、肝機能にも影響が出ると聞く。一番良いのは、最少量で最大限の効果が出る量の薬を処方することだろうが、そういう名医にはなかなか出会えない。

それに、薬のことを患者側から伝えるのは勇気がいる。医者が患者から「あなたの処方は少しおかしい」と言われたらいい気はしないだろう。医療ではどうしても医者と患者という力関係が働くので、患者が満足のいく医療が提供されないことが多い。医者が全ての情報を開示して、「あなたの病気はこれこれで、この病気にはこの薬が効きます。でもこういう副作用があります。それでもこの薬を飲みますか?」と説明してくれたらどんなにいいだろうか。

今の主治医はいい主治医で、薬の説明をしてくれるし、副作用が気になると薬を減らしてくれる。今の主治医にたどり着くまで10人以上の医者にかかった。私はいまだに太っているのだが、すでに、副作用なのか、中年太りなのか、不摂生なのかわからない。ただ、今は、よく眠ることができ、着る服のサイズがあり、便秘もそんなにひどくないので、これでよしということにしている。ダイエットをしようか悩むが、ダイエットをしている時の、焦燥感、強い自己否定の気持ち、不安定な精神状態を思うと、ダイエットに踏み切れない。

納得のいく医者と薬に出会うまで、20年近くかかっている。恵まれない時があったからこそ、今の幸せを噛みしめることができ、症状がそれなりに落ち着き、健康で毎日を送れることに感謝できる。体重が80キロ近くあり、虚ろな目をした私は過去の写真の中に埋葬されたのだ。私は今、とても元気だ。

アルコール依存症かもしれない

生活保護を受けていた時、私は毎日何にもすることがなかった。朝起きて、布団をたたみ、押し入れにしまう。台所で豆腐の味噌汁を作り、冷蔵庫から納豆のパックを出す。ジャーを開けると炊きたてのご飯から湯気が立ちのぼる。お茶碗にご飯をついで、おたまで味噌汁をすくい、こたつの上にそれらを載せる。いただきますも何も言わず黙々と食べる。テレビでは芸能人が大盛りのマグロ丼を紹介している。私は何の感情の起伏もなく、納豆ご飯を食べると、一息ついた。今日は何をして過ごせばいいのだろう。どこにも行きたいところはないし、行くべきところもない。

私の眼前には時間が永遠に横たわっていた。人間は何のために生きるのだろうかと、大きすぎて答えの出ない問いを考え始める。子供を産み育てるわけでなく、仕事を通して社会貢献するわけでなく、ただただ、お金と時間を無駄に使っているだけ。

「死にたい」

ポツリと呟く。部屋はテレビの音が充満しているだけで、誰も私の声に耳を傾けてはいない。

それは楽なことでもあるが、悲しいことでもある。

まだ朝の10時で時間はたっぷりあった。早く夕方にならないだろうか。夜になれば寝ることができるのに。睡眠はこの世で一番、簡単な死だ。

私は立ち上がり、食べ終わった食器を持って台所に向かう。冷蔵庫の脇にある梅酒の瓶が目に入った。マメな私は毎年梅酒を漬けている。実家にいた時に、母が毎年梅酒を漬けていたせいか、梅雨の時季になると自分も梅酒を漬けないといけない気がして、漬け始めたのだ。私は大きな梅酒の瓶を傾けてコップに注いだ。冷蔵庫から氷を取り出して、無造作に入れる。私はそれをぐいっと飲み干した。ロックの梅酒は強い甘みとアルコールの味がした。私は何回かに分けてそれを飲み干す。ちょっと頭がクラクラした。気持ち良くなって、またコップに注ぐ。3杯くらい飲んだらグラグラと視界がブレた。酔うと頭を覆っていた不安が消えていった。

将来のこと、明日のこと、働けない自分のこと、生活保護を受けていること、それらがどうでもよくなった。私は押し入れから布団を引っ張り出して、ごろりと横になった。いつの間にか眠ってしまって、気がつくと夕方になっていた。私は無事に一日が済んだことにホッとしていた。台所に行って水を飲み、テレビをつけてボーッとする。

私は何回も自殺を失敗している。自殺することが許されないのなら、こうやってお酒で一日をごまかして生きていってもいいのではないだろうか。お酒を飲んでいる間は、頭がぼんやりして、不安がかき消されるのだ。軽く食事をとって、風呂に入り、薬を飲んでまた眠った。あれだけ寝たけれど、睡眠薬のおかげで眠ることができた。そんな日々を2週間くらい続けた。朝起きたらまずお酒を飲んで、クラクラしたら眠ることにした。そうやっていると一日があっという間に過ぎるし、嫌なことも考えないで済んだ。私はお酒を飲むということで一日一日をやっと生き延びていた。

ある朝起きると、布団が濡れていた。何事かと思って布団を触るとひんやりと湿っている。そこで初めて自分が失禁したと知った。私はどっと冷や汗が出た。まさか、私はアルコール依存症になってしまったのではないか、という不安が胸の底の方からむわむわと湧き上がった。洗濯機を回しシーツを洗い、布団を干し、失禁の後始末をする。私は震える指でスマホを掴み友達に電話をかけた。ミニコミを作っていた時に知り合った友達で、私より10歳上の友人を私は母親のように信頼していた。

「もしもし、上野さん、私、エリコです。ちょっと聞いて欲しいことがあって」

私は恐る恐る、話し始めた。時折涙がこぼれた。そして、アルコールを飲み続けていたら失禁してしまったことを話した。

「そんなこと、よくあることだよ！　もうこの歳になったら失禁くらいするよ！」

と明るい声が返ってきた。私は久しぶりの友人の声に元気付けられながら、不安を完全には拭いきれなかった。電話を切ると、急いでインターネットを開き、アルコール依存症関連のサイトをみる。そして、何冊かアルコール依存症の本をクリックして購入した。数日して本が届き、私は急いで本のページをめくった。アルコール依存症はキュウリのぬか漬けと一緒で、一度なったら二度と元どおりにはならないと書いてあって恐怖した。しかし、アルコール依存症者の体験記を読むと、糞尿垂れ流しが当たり前になっていて、まだ自分はここまではないのではないかと少し希望を見た。

私は一息置いて、信頼しているソーシャルワーカーに電話をした。かけたらすぐに出てくれた。いつでもどんな時でも電話に出てくれるのはとても心強い。

「ああ、久しぶり、小林さん」

その穏やかな声にホッとする。

私は自分の状況を話した。毎日お酒を飲んでいること、今朝初めて失禁してしまったこと、アルコール依存症なのではないかと怖いこと。ソーシャルワーカーは一息置いてこういった。

「今度、ダルクを紹介してあげる。ダルクは薬物依存症の施設だけれど、依存症という意味では同じ苦労をしている人たちだし、そこにつながるのが良いと思うよ」

そういって、次に東京に行くときに、ダルク女性ハウスの代表の人が来るから、紹介してあげると言ってもらえた。私は次の週末、ダルク女性ハウス代表の人とあいさつを交わし、ダルクを利用したいと告げた。代表の人は、名刺を渡してくれて、午前中に毎日ミーティングをやっているから、それに来たらいいと言ってくれた。

私は朝起きて、電車に乗り、ダルク女性ハウスに向かった。毎日やることがなかった私にやることができた。アルコールの問題を抱えたことで、私は行くべきところができたのだ。病気や問題というものは、その人を助けるためにあるというのは本当なのだな、とふと思った。

電車を降りて、教えてもらった建物に向かう。古いマンションの一室にダルク女性ハウスはあった。私は少しの勇気を持ってドアを開けた。中にいる人が挨拶をしてくれる。私は自分が今日のミーティングに参加したいことと、初参加だという旨を告げると、職員の人のもとに通された。職員の人は凛としていて、精神科のデイケアの職員とは少し違った空気を纏《まと》っていた。通所をするための用紙を渡されて、署名する。そして、生活保護を利用している人は交通費が住んでいる市から支給されるから、生活保護課で書類をもらって来るようにと言われた。

「通所した証明にこちらでハンコを押すので、それを見せれば交通費は出ますから」

と教えてくれた。

職員の人と話が終わると、そろそろミーティングの時間らしく、人が集まって来た。床にはカーペットが敷かれ、使い古されたクッションやソファがあった。壁にはメンバーの自己紹介が書かれていた。ニックネームと、自分の取扱説明書という文字が並ぶ。

「機嫌が悪いときにはプリンを食べさせてください」

そう書かれているのを見て、胸が苦しくなった。そうだ、私たちは自分の痛みにどこまでも鈍感なのだ。自分が何を欲しているのか、どこが痛いのか、そういったことにすら気が付けないのだ。イライラしている時、何が原因なのかわからない。自分を労わる術がわからない。このような場に来ている人は人生において、大きな困難や苦労を抱えている人がほとんどで、嵐のような人生を生き抜いている。「機嫌が悪いときに、食べたいものはプリン」なんて簡単なことがわからなくなるくらい、自分の欲求を抑えて生きてきたのだ。私は壁に貼られたたくさんの取扱説明書を眺めた。可愛らしいイラストが添えられ、色とりどりのペンで書かれたそれらを見て、その裏にある彼女たちの人生を思った。薬物をやらなければならないほど、苦しい人生があり、薬物を使ってでも、生き延びたかった彼女たちの人生。この古いマンションの一室にそれらは色鮮やかに燃え上がった。

ミーティングが始まった。こういった自助グループは言いっぱなし、聞きっぱなしが主である。リーダーの人がこう述べた。

「神様、私にお与えください、自分に変えられないものを受け入れる落ち着きを、変えられるものは変えていく勇気を、そして、二つを見分ける賢さを」

そして、一人ひとり順番に自分の体験を話す。皆黙ってその人の言葉に耳を傾ける。そうだ、私たちはただ黙ってこの場に受け入れられるという体験も乏しいのだ。そう思いながら、仲間の苦労を聞いた。弱さを人前でさらけ出すというのは勇気のいることだ。けれど、弱さは人に力を与えてくれる。皆の体験は薬物依存症というだけあって、私の苦労などとは頭一つ飛び抜けていた。なんとなく、自分がアルコール依存症であることに居心地の悪さを感じながら、自分の番がきて、体験を話す。誰も相槌を打たないけれど、私の話は確かに聞かれていた。話しているうちに少し感情が高ぶって涙が目にうっすらと滲んだ。私の話が終わると、次の人が話し出す。そうやって2時間近くミーティングは進んだ。

ミーティングが終わると、みんなお昼を買いに行った。私は勇気を出して、ある人に、ここでお昼を買うにはどこがいいかを聞いた。そうしたら一緒に行こうと誘ってくれた。財布を持ってマンションから出た。女性が連れてきてくれたのはテイクアウトのインドカレー屋さんだった。そういえば、お金がかかるからと、外食は何ヶ月もしていないことに気がつく。600円のランチカレーを高いと感じながら、財布からお金を取り出した。私は連れて行ってくれた女性に、

「自分はアルコールの問題で来ているので、浮いていないかと感じてしまいます」

と正直に述べると、

「あまり気にすることはないと思うよ。苦労はみんな一緒だから」

と答えてくれた。

ダルクに戻って、みんなと一緒にお昼を共にした。いつもずっと一人でお酒を飲んでいたので、一人でないことがありがたかった。久しぶりのインドカレーはピリリと辛くとても美味しかった。

カレーを食べ終わって、トイレに向かう。トイレには張り紙がしてあって、クリスマス会のお知らせが可愛い文字で書かれていた。紙の隅には天使が目を瞑っているイラストが添えられていた。

用を足し、手を洗って、ハンカチで拭う。階段の踊り場に出て、地上を眺める。あっ！と私は思った。ここ、どこかで見たことがある。マンホールと曲がった車道。やっと思い出したのは、『その後の不自由』という本の表紙だった。その本はダルクの女性たちの当事者研究をテーマにした本だった。なぜ、『その後の不自由』の表紙がなんでもない街中の写真なのかわからなかったけど、ダルクからしか眺めることができない景色だったのか、とその写真に込められた意味がやっと自分の中に落ちて来て、とても驚かされた。

私はしばらくその景色を眺めていた。ダルクという少し特殊な場にいる私たちと、なんの問題もない、外の風景。私たちは確かにこの世界に生きていて、ちょっとしたことでこちら側に来たりする。普通の人が覗くことのないこちら側の世界は、嫌がる人もいるだろうが、とても優しい世界だ。

その時、ぴゅうっと風が強く吹いた。肩までの私の髪がたなびく。私の人生は人によっては、見たくないものであるかもしれないし、汚いものかもしれない。けれど、私の人生は確かに豊かだ。私はこの社会に生きる弱い人たちの声を聞くことができるのだから。私はニッと口角を上げて笑顔を作った。次のミーティングにも来なくてはと思いながら、ダルクの入り口のドアを開けた。

私、アスペルガーな気がする

最近、発達障害がブームになっている。テレビや雑誌、書籍も随分目にするようになった。そして、色々な人が「自分は発達障害かもしれない」と疑うようになってきた。実は、私もそれらの書籍などを読んで、自分も発達障害、特にアスペルガー症候群に近いのでは?と思っている。

アスペルガーや発達障害の本を読むと、「わかる、わかる」と膝を叩きたくなる箇所がたくさんある。

私はコミュニケーションが不得意で、昔から一方的に話し続けるというのがやめられなかった。授業が始まっているのに、どうしても後ろの席の子や横の人に話しかけてしまう。ダメだとわかっていても、話しかけたい衝動が止められない。先生に怒られてから「あ、話しちゃダメなんだ」とわかるのだが、次の日にはまた、後ろの席の子に話しかけてしまう。はたから見たらただの迷惑な人で、自分のやりたいようにやっている自由な人のように見られていたのだろうが、今思うと、話すのをやめられないのはとても辛かった。何回も怒られて、わかっているのにやめられない。運動会の練習中にも後ろの人にずっと話しかけてしまって、先生に頭を思い切り殴られて、顔が真っ青になって保健室に運ばれたことがあった。

それと、私は言葉の裏を読むのが苦手で、その言葉通りにしか受け取れない。異性から「好きだ」と言われたら、「ああ、本当にこの人は私のことが大好きなのだな」と思って誠実に答えようとするのだが、「好きだ」の裏側には「あなたの体が目当て」という言葉が潜んでいることがたまにある。普通の女の子は相手の男性の行動や生活をよく見て、「好きだ」の裏の意味を読み取ることができるのだろうが、私は一切できない。

言葉の裏がわからない私は、自分が使う言葉にも裏がなく、常に本当のことしか口にできない。私は中学の時に、理科の授業の先生に「先生の授業はわかりにくい」とはっきり言ったことがある。先生は激怒し、私の机の横で、私が泣くまでなじり続けた。1時間、先生に怒られ続け、本当のことを言ってはいけないのだとやっとわかった。確かに、先生に対して、そういったことを言うのはとても失礼なのだと思うが、本当のことを口に出すのがなぜ悪いのかわからない。昔付き合っていた人に、私のいいところを教えて欲しい、と聞いたことがあるのだが、その時「嘘を決してつかないところ」と言われた。これは美徳かもしれないけれど、悪い面もある。私は理科の先生に対しては嘘をつくべきだった。

それと、私は異常なまでにスポーツができない。発達障害の本を読んでいると、運動の動作やルールを覚えることができないとあって、ものすごく納得した。

水泳では息継ぎの方法がわからないし、クロールの動きも理解できない。体が思うように動いてくれない。私は水泳の授業ではバタ足しかできなくて、ずーっとバタ足だけで授業を終えた。

そして、バレーボールやバスケットボールのルールはいまだにわからない。球技がとても苦手で、ボールが回ってきても、どう動いたらいいのかわからない。テレビでバレーやバスケットの中継をやっていても、面白さがわからないので、一切見ない。

運動が苦手だったので、体育の時間はとても苦痛だったし、運動会は地獄だった。みんなができている競技が一人だけできないし、ダンスの時も一人だけ遅れたり、変な動きをする。みんなと同じになることを目標とする学校教育は私にとっては悪だった。体育の授業で、100メートル走があったのだが、一生懸命走っているのに、ものすごくタイムが遅く、教師に「ニヤニヤ笑って走ってんじゃない！　真面目に走れ！」と怒られた時はとても不本意だった。

そして、自分の興味のあるものに対しては、異常なまでに熱中してしまう。私はアニメや漫画が好きな子供だったのだが、アニメ雑誌をくまなく読み込み、貯金を崩して、ポスターやグッズを集め、同じ漫画をボロボロになるくらい読んでいた。好きなアニメは何回も繰り返し見続けていたし、そのアニメの音楽のテープを何回も好んで聞いていた。周りで流行っているものにはあまり興味がなく、自分の好きなものしか好きじゃなかった。大人になった今でも、自分の好きなものに対しては熱中しやすいし、世間で流行っているものにはあまり興味がない。芸能人で誰が有名なのか、お笑い芸人のどんなネタが流行しているのか、さっぱりわからない。私は周りと合わせることがとても苦手な人間でもある。

それと、アスペルガーの人は「記憶力がいいけれど、想像力がない」という記述を本で読んだ。これには思い当たる節がある。私は学生時代に漫画を描いていたのだが、お話を作ることが全くできなかった。無理やりストーリーを作っていたものの、ろくな作品にならなかった。主人公やキャラクターに感情を持たせて行動させる、といったことができなくて、中身のない作品ばかりを描いていた。投稿しても箸にも棒にもかからず、結局、私には漫画の才能はないのだと思い、描いたものは全て捨てた。けれど、自分が体験したことを漫画にしてみようと思いたったら、びっくりするくらいスラスラと描くことができた。私は想像力がないけれど、記憶力と、過去のことを構成する力はあるらしい。漫画の仕事をもらうことができた時、編集者から言われたのは「エッセイ漫画を描いて欲しい」だったので、私はこちらの能力が優れているのだと思う。

あと、予定通りに物事が進まないと耐えられないという面もある。子供の頃、大好きなテレビ番組があって、それを見たいがために、遊びに誘われても絶対に外に出なかった。母親が「録画しておくから、外で遊んでらっしゃいよ」と言ってもずっと断っていて、母に何度も外で遊べと言われて、録画を何回も頼んでから外で遊んだのだが、母が録画してくれなかったのを知ると、烈火のごとく怒り、泣いた。たかがテレビ番組なのだけれど、あれは私にとって一日を終わりにするための大切な儀式のようなものであった。

あと、マルチタスクはとても苦手だ。今、仕事をしている時に、いっぺんに何個も仕事を与えられると、どれからこなしていいかわからないし、同時に並行して進めることができないので、いちいち上司にどれからやればいいのか、お伺いを立てている。

今の時代は、昔に比べて、精神疾患に関して、随分オープンになったと思う。全く、精神障害と関係ないと思っていた友人が、「自分はADHDだと思う」と言ってきたりするし、精神科にかかったりもするようになった。しかし、私は少し不安なのだ。なぜかというと、安易に精神科にかかって欲しくないからだ。

私は高校生の頃から精神科に通っている。私が通い始めたきっかけは「一睡もできなくなった」からだった。全く眠れないというのは想像以上にきつい。眠れないので、学校に通うのが不可能になってしまうと考えて、母に頼んで精神科の門を叩いた。しかし、精神科は必ずしも優しい先生がいて、適切な治療が施される場ではない。もちろん、いい先生もいると思うが、日本の精神医療の水準は概して低い。

精神病というのは、あやふやな病だと私は考えている。内科や外科のように、はっきりと悪いところが目に見える病気ではない。診察も問診だけで終わってしまうし、検査をしてくれるところは稀だ。医者のさじ加減一つで、病名と治療法が決まってしまう精神医療はとても危ういと考えている。良い医者にめぐり合えれば良いのだけれど、私は良い医師にめぐり合うまで20年近くかかった。

私は社会生活が送れているなら、精神科には通わなくていいのではないかと考えている。多少、他人と違う感覚や誤差があっても、日々を送ることができているなら精神科は必要ないかも知れない。

けれど、自分の生きづらさが、病的なものでないかと考えてしまったり、困っているけれど、相談する人が周りにいないときは、遠慮なく精神科の門を叩いて欲しい。専門家の話を聞くことも時には必要だ。

私はアスペルガーかもしれないと思っているけれど、その診断名はもらっていないし、治療する必要はないと考えている。今でも話しすぎたりするし、人との距離感がうまくつかめないことはあるけれど、たいして困っていないのだ。そういう私を友人たちは「面白い人」として迎えてくれているからだ。私が幼い時にも、このような友人たちに囲まれていたら、私はもっと生きやすかったと思う。社会にとって大切なのは、自分と違う他者を受け入れる寛容な心なのかも知れない。

向谷地さんからもらった言葉

すこぶる具合が悪い。仕事中にも涙がこぼれるし、常に死にたい気持ちが胸の底にある。深い暗闇に捕らえられて、抜け出せない感じだ。先日は、命の危険を感じて、急いで診察を入れてもらった。主治医に限界ギリギリまでの抗うつ薬を処方してもらってなんとか死なずに済んでいるが、心の霧は晴れない。

先日、高校時代の友人に会った。とても久しぶりの再会だった。三人で新宿の中華料理屋に行き、シンハービールを注文する。三人で乾杯してバカな話をしながら、笑い合う。チンジャオロースをつまみながら、会わなくなってからの二人の話を聞いた。一人の友人は結婚をして子育てをしながら仕事をし、もう一人の友人は事業を興して独立していると言った。私は心の底から二人を羨ましいと思った。私は結婚できなかった自分を恥じているし、子供のいない自分を不遇だと思っている。さらに言うなら、あまりお金がない。毎日、一人のアパートに帰り、粗末な食事を取っていると世界中で自分が一番不幸な気がする。佐野洋子のエッセイに「一人でご飯を食べたくないから結婚した」女性の話が出てくるが、佐野洋子は彼女のことを「真っ当だ」と言っていた。

思えば私は女の子が嫌いだった。女子大生の時、化粧をして、男に媚びを売る女の子が憎たらしかった。良い大学の学生との合コンを見つけ、いそいそと出かける彼女たちをバカにすらしていた。なぜ、自分で稼ぐための努力をしないのか謎だったし、結婚という、ギャンブルに近いものに人生をかけるのも理解ができなかった。けれど、思い返せば、私の方がバカだった。女の人生で高い収入を叩き出すことなど、一部の特権階級の人にしか許されていないのだ。私のように、お金のない家で育ち、十分な教育を受けられなかった女は貧困の道を歩むしかないのだ。事実、私はブラック企業で精神を病んで、自殺未遂をしたのち、引きこもりになった。幾度も自殺未遂を繰り返して、死のうとしても死にきれず、実家にいるのが良くないと医療者に言われて、実家を出た結果、生活保護になった。なんとか、自分で仕事を探して、働くようになったが、いまだにパートであるし、年金も長い間払っておらず、ボーナスもなく、退職金もない。もちろん三度の食事は取れるし、たまに居酒屋に行くこともできる。けれど、この生活が幸せかと言われると全くそう思えない。私は高校時代の友人のピカピカ光る爪を見ながら羨ましく思った。結婚をして、子供を育てていると言っても、爪を綺麗にする余裕があるのだ。私にはネイルサロンに行くお金も、爪を綺麗に保つ余裕もない。

子供の頃、学校では男女平等だと教わった。私はそれを1ミリも疑わなかった。そうやって育ってきたが、大人になると女性ということで、不利な面や苦痛を伴う場面が多いのに気がつく。満員電車で痴漢に遭うのはしょっちゅうだし、街を歩いていると、水商売を誘うポケットティッシュを勝手にカバンに突っ込まれる。先日、テレビのニュースでは大学の入試で、男性と同じ点数をとっても、女子だと落とされると報道されていた。日本の男女平等度は先進国の中ではかなり低いらしい。多分、この国の女は、良い稼ぎを持つ男の人と結婚して、その男性の既得権益につかまっている方が良い生活ができるのだ。

私は街中で子供を連れている人やカップルを見ると、罵られている気がする。私は結局、どの男性からも求められはしなかったし、子供を産むこともなかった。もちろん、その人生が幸せに満ちたものではないと、結婚している人は言うであろう。しかし、結婚していない私にとっては、結婚なんて幸せじゃないなどと、言うことができない。したことがないものをジャッジできない。

最近はとても心が荒れていて、人に対して暴言を吐いたり、失礼なことを言うことが増えた。私の心の余裕のなさだと思う。私が人に対して、暴力的になるのは、その人のことを恐れているからだ。正社員の人、結婚している人、まっとうな人生を歩んでいる人がとても怖い。そして、羨ましくもある。なぜ、私はそちら側に行けなかったのだろう。ああ、そうか、私はマジョリティになりたかったんだ。私は普段偉そうに、障害者や福祉のことを考えている風なことを言っているが、猛烈にあちら側に行きたがっていた。私は自分が男性だったらどのような人生を送っていただろうかと時々夢想する。私はきっと、自分の力を振り回し、他者を抑圧する人間になっていただろう。そして、その暴力性に気がつかないまま生きていたと思う。だから、女に生まれてしまったのかもしれない。

私には6年前に、結婚を意識した男性がいた。その人は私が作っているミニコミのファンだった。その人はそんなにおしゃべりではなかったが、私が話す言葉に対して、面白い返答をいつもしてくれたので、一緒にいて飽きなかった。一緒に映画を見たり、夏祭りに行き、伊豆の方へ旅行にも行った。私の行きたいところに連れて行ってくれると約束をしてくれた人は私の人生において現れたことがなかった。私も30代半ばを過ぎていたし、相手も同じくらいの年齢だったので、考えていることは同じだったのだろう。その人から一緒に暮らそうとレストランで言われた時に、私は口に運んだ牛タンが涙でしょっぱくなったのをよく覚えている。

その後が大変だった。毎週末、不動産屋に行き、良さそうな物件が決まってからはお互い忙しくなった。職場の上司に少し遠くに引っ越すので、出勤時間を遅らせてもらうようにお願いしたり、不動産屋に次回は物件の更新はしないと連絡をした。彼は私の家に来て、荷物をまとめるのを手伝ってくれた。彼の母親に菓子折りを持って「よろしくお願いします」と挨拶をしにいったのだが、その数日後、彼は「母親が同棲をするにはまだ早いと言って、反対しているから」という理由で同棲を反故《ほご》にした。

私は毎日泣き暮らし、彼に罵詈雑言を浴びせ続けた。自分で自分がコントロールできなくて、毎日、怒りと悲しみで気が狂いそうだった。なんとか、仕事には行っていたが、ストレスから倒れそうになることも何度かあり、眠れなくなり、食べられなくなった。休みの日はカーテンを閉め切った部屋の隅っこで体育座りをしてヨーグルトを啜《すす》っていた。頭の中には帳《とばり》のように死がチラついていた。ほどなく、私は彼と別れることにした。苦渋の決断だったが、このままでは死んでしまうと思ったのだ。

しかし、彼と別れても、私の精神の荒廃は止むことはなく、彼に迷惑行為を続けたのち、訳がわからなくなり、精神病院に措置入院した。措置入院とは強制入院のことで、医者二人の診断の結果によって決まる。私は体を拘束され、何日間も点滴を受けた。一ヶ月くらい入院して、散歩もできず、病棟の中でただうずくまる日々を過ごし、頭も正常ではなくなっていて、ぼんやりとした妄想の中を生きていた。しばらくして、薬と睡眠のおかげで良くなったが、その後1年間くらいは足が地に着かない状態だった。

私は退院してから、べてるの家の集まりに足を運んだ。私は困った時にはべてるの家の向谷《むかい》地生良《やちいくよし》さんに頼る。過去に向谷地さんの言葉に助けられたことが何度もあったのだ。向谷地さんは今の私の状態に対して、なんと声をかけてくれるのだろうか。

講演会の会場に行き、講演が終わった後に、向谷地さんに話しかける。

「向谷地さん、私、措置入院したんです。医者には再発したのだと言われました。もう、あんな目に遭いたくないんですけど、再発しないには、どうしたらいいんでしょうか?」

私がそう問うと、向谷地さんは口を開いた。

「再発は必要なものだったんだよ。再発というのはブレーカーなんだよ」

向谷地さんはわかりやすく例えてくれた。ああそうか、ブレーカーがなければ、私は熱を放電できずに、死んでいたのだ。あのまま放っておけば確実に自分に焼き殺されていたのだ。彼への愛着と憎悪で死んでしまっていただろう。だから、再発は必要なものだったのだ。けれど、できるなら再発はしたくない。

「ブレーカーが落ちないように働くのがいいよ」

そう、向谷地さんは付け加えた。少ない電力でうまく生活をしていけば、ブレーカーが落ちることはない。確かに、今回の入院の原因は「過労」と診断書に書かれていた。失恋が原因ではあったが、それでも我慢をして働き続けていたために、体がおかしくなってしまったのだと思う。疲れて体が熱を持っている時には、休まないといけない。自分の体をよく観察し、限界を超えているかどうかを見極めなければならない。

あの失恋を経験してから、また前を向こうと思い、初めて自分から積極的に恋人を探そうと思いたった。周りの友人たちは「過去の男は振り返らない。次行こう、次！」と叱咤激励してくれた。しかし、私はどうしても恋人ができないまま今に至っている。多少親しくなり、何回かデートをすることはあるが、相手のことを好きになれない。自分が何を望んでいるのかを知りたくて、たくさん本を読んだ。そして、自分は恋愛結婚がしたいのだと気がついた。しかし、もうすでに恋愛市場に残ることができない年齢になっていて、まっとうな男の人はみんな結婚しているのが現実だ。そして、好きな人すら新たに作れない自分には何もなすすべがない。

私は毎日を真面目にコツコツ生きることしかできない。毎日、パートに行き、単調な仕事をこなし、安い月給でも文句を言わず働いている。あの酷い失恋の時のように、精神が荒れてはいないけれど、毎日がとても息苦しくて、生きているのが辛くてしょうがない。結婚できなかったこと、女として生まれたこと、それらがどうしようもない寂寞感をもって押し寄せてくる。

私は脳内の言葉をツイッターに垂れ流す。

「死にたい」

私のそのツイートを見た、担当編集さんが声をかけてくれた。

「向谷地さんの講演会に行きませんか？」

私は即座に「行きます」と返信した。

朝早く起きて、都内の会場に急ぐ。「語り」をテーマにした講演会で、向谷地さんはべてるの家の実践を交えながら話をしていた。精神疾患の当事者は長い間、語ることを禁じられてきた。特に、統合失調症の患者には、幻聴や幻覚の内容について聞くのはタブーだとされていたらしい。しかし、べてるの家ではどんどん幻聴の内容を聞く。そして、たくさんいる自分の幻聴を、「幻聴さん」と呼んで人に売ったりしている人がいるそうだ。一見破天荒な話に聞こえるが、本人が納得していればそれでいいのだ。私は向谷地さんの声を聞いているとホッとする。低く、落ち着いた声は心のとげを抜き去ってくれる。最後に、質問のコーナーがあったので、私は手を挙げた。マイクが私の前に回ってくる。

「小林エリコと言います。べてるの家の集まりには昔からよく参加しています。一時期、生活保護を受けていました。多量服薬をして、死にかけたことも何回かあります。今は生活保護を脱して、働けるようになりました。昔より、生活が良くなったのに、死にたくてたまりません。結婚もしていないし、子供もいないし、毎日一人で暮らしていると虚しくて死にたくなります。向谷地さんに昔、『回復すると虚しくなる』と言われたことがあるのですが、それはどういうことなのでしょうか。もう一度、教えて欲しいです」

私がそういうと、向谷地さんは一息おいて、答えてくれた。

「今までの苦労は、ずっと病気の苦労だったんだと思う。でも、今は病気の苦労を手放してしまった。そして、違う種類の苦労になった。トルストイという作家の本にあるんだけれど、家族もお金も地位も手に入れてなんの不自由もない男性が、毎晩机の中の銃を頭に当てて自殺を考えている、という小説がある。何もかもを手にしても虚しいというのは全ての人間に共通していることだと思うよ」

その答えを聞いて、私はなんだか許された気がした。結婚していようと、子供がいようと、お金があろうと、人は結局虚しいのだ。全てを手に入れていても虚しいのなら、私はこれ以上何かを手に入れるのを諦めよう。そして、病気の苦労を手放すことができたのに感謝しよう。病気の時は、母や友人に迷惑をずっとかけていた。苦労のステージが変わったことは誇るべきことだ。虚しいままの自分にオーケーを出そう。私はマイクを運営の人に返した。向谷地さんの答えが聞けて心から安堵した。虚しくても、死にたくても、これで順調。私は安心して絶望していこうと思う。

排除された存在 3

あの男に「死んでもいい」と思われた私

未だ記憶の中で色あせないのが、相模原で起きた障害者施設殺傷事件、通称やまゆり園事件だ。この事件のことを考えると私の中で怒りが吹き出してならない。そして、私の中で、二つの感情が沸き起こる。それは、自分が障害者であり、犯人から死んでも構わないと思われたという悲しみと、犯人が措置入院をしていたということから、世論が措置入院患者の監視を強めることに傾いていったことに対する怒りだ。

テレビをつけるとニヤリと笑う犯人の顔がテレビに映る。気分が悪くなりながら私は目を離せないでいた。私はこの男に死んでもいいと思われたのだと思うと吐き気がした。

私は措置入院を一度経験している。その当時、ほとんど睡眠が取れておらず、それでも、仕事を休むことができなかったため、精神が混乱して、統合失調症のような症状を一時的に発症した。あの時、私はとても混乱していて、世界が奇妙に変容しているのを感じ、自分から警察に連れて行って欲しいと近くにいた人にお願いした。私は正気を失っていたけれど、善悪の感覚は失っていなかった。その後、精神病院に入院して、身体拘束をされて、点滴をされた。私は恐怖と不安を感じながら、何日間も眠り続け、眠り疲れた頃には体調は随分回復していた。三度の食事を取り、入院患者とレクリエーションをして過ごし、1ヶ月ほどで退院し、少しずつだが仕事にも戻り、日常を取り戻した。

けれど、私の措置入院が近所の人に知られたら、私は要注意人物として世間の人に監視されなければならなくなるのだろうか。国などの機関に自分の医療情報を勝手に見られ、要注意人物としてマークされるなんてとんでもない。精神医療というものは、犯罪を抑止するものではない。精神を病んだ人が、回復できるように治療をするのが、精神医療であるはずだ。

時々、異常な事件が起こり、その犯人に精神科の通院歴が発見されると、マスコミは躍起になって騒ぎ出す。精神科の通院歴と、犯罪を起こすことは関係がない。それに、健康とされている人だって犯罪を起こす。妻が浮気をしたことで、頭にきて、妻を殺した夫は精神異常者だろうか。そもそも、事件を起こした犯人の病気をニュースで伝えなければならないのなら、殺人事件を起こした人が、高血圧だったとか、事件当時はインフルエンザだったとかまで、伝えるのが筋ではないか。

２００1年に大阪の池田小学校で無差別殺傷事件が起こった時、犯人が精神科に通院していたことが報道され、メディアは精神疾患の患者を野放しにしていいのかという論調であった。私はこの報道で瞬く間に具合が悪くなった。私は当時、精神病院を退院したあとで、実家に引きこもり、精神科に通院するだけの毎日を送っていたからだ。テレビで犯人の精神科の通院歴が流れているが母は何も言わず無言で箸を動かしている。他のチャンネルを回しても同じニュースばかりで、私はいたたまれなくなって、食事中の茶碗と箸をおいて、自分の部屋に引きこもる。カーテンをしめて布団の中に潜り込み、うっすらと目を開けて天井を眺めていると、どこからか絶望が押し寄せてきて、私の心を乱した。精神疾患の治療だけに専念していれば、自分の苦労は取り払われると思っていたが、社会には偏見というものがあって、それは自分の力ではどうにもならないのだと、ひしひしと感じた。

やまゆり園の事件は日本が障害者に対して抱えている闇を浮き彫りにした事件だと思う。

障害者をひとところに集めるというのは、社会にとって健康な状態ではない。なぜ、障害があるからといって、人里離れたところで、暮らさなければならないのか。本来ならば、障害を抱えても、街の中で暮らすのが一番よいはずだ。私も障害を持っているけれど、市井の人として街の中で暮らしている。普通にスーパーで買い物をし、休みの日は映画を見て、たまには居酒屋に出かけたりする。この街中で、障害者の私は普通の人に紛れてひっそりと暮らしていて、それは、とても心地がいい。私は車椅子の人や重い障害を抱えた人に街の中で当たり前のように出会うことができるのが理想の社会だと思っている。一度、車椅子の人と街中を歩いたことがあるが、警備員の人や、運送会社の人が車椅子の人に向かって、笑顔で挨拶をしていた。きっと、こういうことが必要なのだと思う。

犯人は、障害者は周りを不幸にする存在なので、安楽死をさせられる社会にするべき、と言っていた。この言説を私は全くの間違いであると考えているが、働くことができず、税金を使うことしかできない存在が社会に必要ないというのは、一定の人が考えていることなのだろう。先日も、「ＬＧＢＴは生産性がない」という発言が話題になったりもしたので、生産性で人間を測る人は一定数いる。

私は自分が生活保護で生きていた時期、自分は生きていてもいいのかととても不安だった。毎日、行くあてがなくて、昼間の街をぶらぶらしていると、スーパーやコンビニで働いている人がとても偉く見える。私もちょっと前まではあちら側にいたのに。私は何も生み出しておらず、ただ、全てのものを消費しているだけで、不安で足元がグラグラした。やまゆり園事件の犯人からしたら、私は「死んで欲しい」人間だったのだ。

しかし、一冊の本が私の考え方を変えた。横塚晃一『母よ！殺すな』である。これは脳性麻痺の子供を母親が殺した事件が起こった時、社会が母親に同情し、減刑を望んだ裁判が元になってできた本だ。社会は、母親に同情するが、殺された当事者からしたら、フザケンナ！という話だ。私たちは怒りを持って挑まなければならない。障害を持っているから、常に人の手が必要だからと言って殺される道理など1ミリもないはずだ。

脳性麻痺者の会「青い芝の会」のスローガンは「われらは愛と正義を否定する」だ。障害者のための愛と正義はエゴイズムである。ここでいう愛とは上から下への一方的な愛を指し「働けなくて可哀想だから、周りの人たちにいじめられるから、だから施設へ行ったほうがいいだろう」というようなものだ。正義とは、より健常者に近い障害者のほうが幸せだという思想で、社会復帰をしないものが悪になり、リハビリを押し付ける姿勢のことをいうと私は考えている。やまゆり園の事件の犯人も「障害者のため」にこの事件を起こした。最低最悪のエゴイズムだ。

障害者は基本的に働くのが難しいし、周囲の介助を必要とする場合が多い。私も10年以上仕事につけないでいて、母と二人で暮らしていた。市役所の手続きはいつも母に手伝ってもらっていたし、食事や風呂の支度などは母に任せていた。精神科で処方された薬を飲んでいると副作用で頭が鈍くなり体が重くなる。うつの症状が酷いと、胸がキリキリと痛み、ぽっかりと穴が空いているような空虚感が私を襲い、目からは涙がボロボロと溢れ出て、必死になって頓服薬を口にする。私は病気が酷い時は母がいないと生きていられなかった。そんな母との暮らしは次第に息がつまるものになっていくのだが、私の母は精神障害者の家族会に入って、同じ病を持つ親と出会い、少しずつ前を向けるようになっていった。私も精神科のデイケアに行き、同じ病気の人と出会うことで、私と同じ状況の人はたくさんいることに気がついた。働かないで生きている仲間たちは、ほのかに私と母を照らした。何も生み出さずとも、生きてここにいるだけでも構わないと教えてくれたのだ。

『母よ！殺すな』に、仕事もない、身の回りのこともうまくできない障害者は何なのか、ということについて書かれていたことはこうだ。何も生み出さず、何もできない、その体は、命そのものである、とあった。私たちは、常に自分たちにどれくらいの価値があるか考え、それがなくなったらおしまいだと考えている。なぜならこの社会では価値のないものは生きている意味がないとされているからだ。このような残酷な社会だからこそ、ただの命そのものである人たちの存在は確実にこの社会の希望であると思う。命をただ、純粋に生きる。それこそが人間の真実の姿なのではないだろうか。

少し前、旧優生保護法で堕胎を国から強制された人々が国を相手に裁判を起こした。旧優生保護法とは、病気や障害のある子を産ませないようにするために不妊手術が行われた元になる法律だ。私はこれを知った時、とても心を痛めたし、そんなに古い時代でもないことに驚いた。私の父や母が若い頃にあった法律だ。まさか、ナチスと同じような思想を日本で実践していたなんてと震え上がった。テレビで旧優生保護法により、子宮を取った女性が話していた。自分はずっと施設で暮らしていたが、施設の介助者が「生理は汚いもの、ないほうがいい」として、子宮を取ることを勧めたという。

子宮が病気を持っているなら仕方ないが、なぜ、健康な体の器官を取らなければならないのか。他にも、若い頃に精神病院に入院して、そこで勧められるがままパイプカットをした男性もいて、結婚をしたが、妻にずっと言えなかったと語っていた。こうした人権侵害を国が率先して行っていたという事実。やまゆり園の犯人を国は断罪できるのだろうか。

障害者は常に社会からの強風に晒《さら》されている。だから、強い心と意思を持って立ち上がらなければならない。ひどいことをされたら怒らなければならない。怒ることができなくなったら、おしまいだ。私は今日も怒っている。

兄の結婚

私には兄がいる。年は三つほど離れていて、仲はあまり良くない。他の兄妹がどのようなものか知らないが、私と兄はお互いに趣味が全く違うし、性格も違う。私は内向的であるのに対し、兄は社交的だ。友達も多く、高校生の頃は車に乗って友達とスノーボードによく行っていた。私はその頃、家で、ドストエフスキーなんかを読んだりしていた。

兄は学校では目立つタイプだった。昔でいうところのヤンキーというやつで、短ランといって短い丈の学ランを着て、ボンタンという幅の広いズボンをはいていた。短ランの裏地は紫で、先輩に譲ってもらったと兄が自慢して見せてきたが、私は「ダサいなあ」という感想しか生まれなかった。それを言ったら怒られるので、「かっこいいね」と心にもないことを言った。

私は兄のことが嫌いである。なぜかというと、兄は私が小さい頃、私のことをずいぶん酷くいじめたからだ。一番ひどかったのは、私が小学生の頃、無言でなんども激しく叩かれた末に、裸足のまま家の外に出されて鍵をかけられたことだ。私は声がかれるまで泣き、たまたま来ていた保険のおばさんの助力でなんとか家に入れてもらえた。兄がなぜ私のことが気に入らなかったのかはよくわからないが、心当たりとしては私がいじめられっ子だったからだと思う。人気者の兄にとっては妹がいじめにあっているというのは恥だったのだろう。私は家に遊びに来ている兄の友達からも、私がトイレに入っている時間が長いという理由で「ゲリオ」（下痢をしていると思われた）というあだ名を付けられて、兄も妹の私のことを「ゲリオ」と呼んで笑った。兄にいじめられる妹の私は、いつも惨めで悲しかった。

兄と遊んだことと言えば、家にあったスーファミでゲームを一緒にしたことくらいだ。兄はゲームが好きで、いろんな種類のハードやソフトを持っていた。ゲームは兄の所有物なので、あまりやらせてもらえず、ゲームをやるために兄のご機嫌を取らねばならなかった。兄に「お前にもやらせてやるからソフトのお金を出せ」と言われて、5000円くらい出したのだが、ソフトを買った痕跡もなく、やらせてもらえることもなかった。兄は兄として私を搾取し、私は力の強い兄の下、ただ、平伏するのみであった。

そんな兄だが、高校生になってから、急に兄貴風を吹かせたくなってきたらしく、欲しいものはないかと聞いてきて、私が適当に言った文房具のセットを買ってくれたことがある。他にも、私が自殺未遂をして、実家に戻ってきたときには「病気で辛いと思う。エリコが働けるような店を作ろうと俺は考えている」といったような内容の手紙をくれたりした。兄は年をとってからようやく兄になったのだけれど、私は過去の陰惨ないじめを忘れることができず、その手紙をまともに読めなかった。私はどちらかというと心が狭く、過去に罪を犯した人を許すことができない性格だった。

そんな兄が結婚することになった。結婚相手は仕事先の人で、兄より4歳年下だった。兄が結婚すると聞いて、私はああやっぱりか、と思った。兄はいつでも道の真ん中を歩いているような人だから、結婚ができないわけがない。妹を殴り、短ランを着て、仲間とスノーボードに行ける人間は結婚できる。そして、私はこの頃、自宅に引きこもって自殺未遂と入退院を繰り返していた。病気を治すためにと飲んでいる薬は1日で30錠を超え、薬の副作用で体はぶくぶくと太っていた。兄は結婚できるけれど、私は一生できないだろうと直感的に考えて、私は悲しくなった。陰と陽のような私たち兄妹。

兄の結婚が決まってから、母は何度か相手のご両親たちと会ったりして、忙しくなっていた。私は家でただぼーっとして過ごしていた。

そんな日々がしばらく続いたある日、母が突然私に切り出した。

「エリちゃん、お兄ちゃんの結婚の話がなくなるかもしれないの。エリちゃんの病気のことで、相手のご両親が心配しているのよ」

私はびっくりした。今の時代に、親戚に精神疾患の患者がいるからといって、結婚がなくなるなんてことがあると思わなかったからだ。兄のことは嫌いだが、結婚がなくなるのは流石にかわいそうだ。しかし、兄を思いやると同時に深く傷ついている自分もいた。自分は今、差別を受けているという実感が少しずつ湧いてきて、胸のあたりにジワリと影を落とした。

「それでね、相手のご両親がエリちゃんと会ってみたいっていうの。お食事をしようと思うんだけど、一緒に来てくれる？」

母は少し申し訳なさそうに続けた。私は断る理由などなく、快諾した。

相手のご両親との食事は和食料理屋で行われた。私はこの日のために綺麗な洋服をデパートで買った。席に着き、兄の結婚相手のご両親と挨拶をする。兄も、兄の嫁になる人もいない。私と、母と、結婚相手のご両親だけ。少し奇妙な食事会は私のために執り行われている。母は相手のご両親とちょっとしたことを話したりしている。その横で私はただ、黙々と箸を動かしているだけだった。けれど、とても慎重に箸を動かし、咀嚼《そしゃく》し、水を飲んだ。私の一挙手一投足が兄の結婚の行く末を決めるのだ。汚く食べたり、変なことを口走ったりしてはいけない。私は緊張しながら1時間半に及ぶ食事会を終えた。家に着くとぐったりして、すぐに布団に横になった。しばらくして、兄の結婚が無事に執り行われることを母から聞いて、私は自分の役目を果たしてホッとした。

結婚式はチャペルで行われた。兄と花嫁がしずしずと牧師の前に行き二人は誓いのキスをする。兄のキスシーンを見るのは変な気持ちだ。満面の笑みをたたえる兄と花嫁を見ていると、自分が精神疾患であるために、この二人が別れることになるかもしれなかったことが、申し訳なく感じてしまう。私の体には汚い血が流れているのだろうか。私の血はいつから汚れたのだろう。精神科に行き始めた高校生の頃からだろうか。しかし、血が突然汚れるなんて不自然ではないのか。血とは脈々と受け継がれるものなのだから。それを辿っていけば、誰だって、精神疾患や、ハンセン病などの先祖がいるのではないか。

披露宴会場に移動した。父は出てきたワインを何回もお代わりしてすでにベロベロに酔っ払っていたが、母は綺麗な着物を着てシャキッとしていた。私は太った体でぼんやりとワインをぐびぐびと飲んでいた。会ったことのない兄の友達が祝辞を述べ、お祝いの歌を歌う。花嫁の友人も出てきて祝いの言葉を述べる。目の前で盛大に行われている披露宴がなんだか茶番のように思えてしまう。本当にこれは必要なものなのだろうか、そう自分に問いかけながら、どこかで憧れている自分がいた。

私が誰かと結婚をする可能性は極めて低い。私は精神障害者なのだから。昔は結婚なんて絶対にしたくないと思っていたが、目の前で幸せそうに笑う二人を見ていたら、徐々に考えが変わっていった。花嫁がお色直しで着た真っ赤なドレスは派手で下品だが、美しかった。燦然と幸福の輝きを放ち、人生の最高潮である今を映し出していた。私にはあのような瞬間がくることはないのだということを噛みしめるとますますドレスの輝きは激しくなり、私は気分が悪くなった。涙が出るのをグッと必死にこらえる。

私はなんでここにいるのだろう。私は拒まれた人間なのだから欠席した方が良かったのではないか。意識を飛ばすためにワインをお代わりして、ぐいと飲み干し、目を瞑る。早く時間がすぎてくれればいい。私は爆発しそうな感情を抑えつけた。結婚式を汚してはいけない。

披露宴が終わって、二次会のカラオケ店に移動すると、顔を見たことがない親戚がたくさんいて、互いに挨拶をしていた。私の家系は親戚付き合いをしないのだが、結婚式には来るらしい。親戚の顔を眺めながら、母親のもとにくる年賀状に印刷された従兄弟たちの顔を思い出そうとするが、小さなハガキに印刷された顔では判別がつかない。陽気に歌う従兄弟たちの歌を聴いていると、徐々に呼吸が苦しくなり、居ても立ってもいられなくなって、母に訴えた。

「お母さん、具合が悪い。家に帰りたい」

結婚式が始まってからもう5時間以上経っていた。私は十分頑張ったと思う。母がタクシーを呼んでくれて、二人で乗り込む。後部座席で私はヒューヒューとかすれた息をする。発作が出ないか心配だ。よろよろと母に抱えられながら、自宅に着くと、私はワンピースを脱ぎ捨てて、声を上げて泣いた。涙が出るたびに、私はものすごく我慢をしていたのだとわかった。しゃくりあげて肩を震わせて泣く私を母はただ眺めるだけだった。私は自分が惨めで仕方なく、消えて無くなりたいと願った。兄は結婚したけれど、きっと、結婚後は、大した交流を持たせてはもらえないだろうし、私も持ちたくない。私を差別し、拒否した人とわかりあいたくもない。私はぎゅっと体を縮めて自分の体を抱きしめた。自分を守れる人は自分しかいないのだから。

元ホームレスの人との食事会

生活保護を受給していた時、私はとても暇で、寂しかった。話し相手は誰もいないし、通うところもない。私は利用しているクリニックが運営しているお菓子屋さんで働いたのだが、待遇に納得がいかないまま、無理をして働いたら具合が悪くなり、その結果、自殺未遂騒動を起こした。クリニックの診察はなんとか受けさせてもらえたが、併設されているデイケアは利用禁止になった。デイケア以外に行くところのない私は、そのまま誰にも会わず、アパートで引きこもるようになった。

朝起きて、一人で朝食を取る。納豆とお味噌汁とご飯を口に運び、つけっぱなしのテレビに目をやる。朝の情報番組でタレントが芸能人のスキャンダルについてコメントしているのを見ながら、納豆を口に運ぶ。食べていると、別に悲しいことがあるわけでもないのに、胸の中がシクシクと痛み出す。

子供の頃は、私にも一応、家族がいて、皆で食卓を囲んでいた。人と食事をとるということが特別なことではなかったが、それは今思うと、贅沢だったのだと思う。子供の頃、家族は仲が良くなかったし、父も夜が遅くて、一緒に食事を取ることは稀だったけれど、それでも家族の団欒があった。ビールを飲み、ほろ酔いでご機嫌の父と、文句も言わず、父のためにおつまみを作る母、部活帰りの兄と、私はともに食卓を囲んでいた。

甘い卵焼きに、大根おろし、キュウリとワカメの酢の物。お金がかかっているおかずではないが、家族で食べると美味しかった。一緒にご飯を食べる人がいるということは宝であると大人になって初めて知った。生活保護を受けて、結婚もせずにいる私は肉体的にも精神的にも一人だった。食器を片づけて台所で洗いながら、自分の人生は随分早い段階で終わっていることに気がつく。同級生は仕事に励み、子育てをしているのに、私は何をしているのか。頭の中でそれらがぐるぐる回りだし、人を憎みたくなる。その気持ちをぐっと堪えて、今私は疲れているんだと思い込んだ。

生活保護を受けている時、さみしい私は当事者研究の集まりによく参加していた。そこで知り合いになったソーシャルワーカーが池袋のホームレス支援をしていて、私にも声をかけてくれた。毎日暇を持て余していた私は、断る理由もなくすぐに「行きます」と返事をした。

10月のよく晴れた日、私は電車に乗って、池袋に向かう。電車に乗るのも久しぶりだ。少し田舎に住んでいる私は、東京に着くまでに1時間くらいかかる。電車の中で本を読みながら時間を潰した。池袋駅から歩いて15分くらいのところに小さな民家があった。看板にNPOの文字を見つけて安心してチャイムを鳴らす。中にはソーシャルワーカーが先にきていて、スタッフの女性と話をしていた。その他に元ホームレスと思われる40代くらいの男性が数名いて、そこかしこに座って、タバコをふかしたり、ぼんやり座ったりして、思い思いに過ごしていた。今日の集まりは、NPOの支援を受けて、ホームレス状態を脱し、グループホームに住んでいる人を対象とした食事会だった。皆、普段は作業所に行ったりデイケアに行ったりしているそうだ。

ホームレスの人には精神疾患の人が多いとホームレス支援の講演会で教わった。確かに、路上で暮らすという、かなり特殊な状況に追い込まれる人には、なんらかの病気があってもおかしくない。社会でうまく暮らすことができない人というのは、この健常者の社会には適応できない何かがあるのだろう。そして、それは私も同じだった。

今日集まっているこの家は民家を改築していて、宿泊施設にもなっていた。そして、1階は交流スペースとして開放している。元ホームレスの男性たちは身なりをきちんと整えていて、路上にいたとは思えなかった。ヒゲもきちんと剃られている。上下スウェットの人もいたが、清潔感があるので、不快な感じはしない。この集まりに呼んでくれたソーシャルワーカーは支援者の人と話し込んでいて私に話しかける余裕がなさそうに見える。私は知り合いがいないので、空いている椅子にちょこんと座った。誰も知り合いがいないけれど、私はホッとしていた。この空間には人がいて、そこかしこにいる人たちが自分と同じように困難を抱えて生きている人だということは私を安堵させた。胸のあたりがじんわりと温かい。

女性の支援者の人が買い物に付き合ってくれと声をかけて来た。私は役割を与えられたことが嬉しくて、外出するためにリサイクルショップで買った薄手のコートを羽織る。二人でポツポツと今日の食事会のことを話しながら、近くのスーパーに向かう。金木犀の香りがどこからかしてきて、顔を上げると木にオレンジ色の花があるのが見えた。普段、家にいてじっとしている私には新鮮な発見だった。金木犀の香りはいつどこで嗅いでも感傷的な気持ちになる。私はいじめに遭っていた学生時代の帰り道にも金木犀の匂いを嗅いでいた。匂いは記憶を呼び覚ますスイッチだ。あの頃から随分時間が経ってしまって、当時はこんな将来を予見していなかった自分が可哀想に思えた。

池袋のスーパーで食材を買い込む。今日のメニューは豚汁とご飯。豚肉、大根、人参、豆腐、油揚げ、こんにゃく、どんどんカゴに入れる。10人分なので、豆腐は2丁買った。

一緒に買い物をしている女性が、

「何かご飯のおかずになるもの、買おうか」

と言ってお漬物などが置いてあるコーナーに向かった。キムチを手に取りカゴに入れる。キムチが嫌いな人もいるだろうからと、少し奮発して、たらこも買った。両手にたくさんの食材を下げ、民家に戻る。知らない人とたくさんの食料品を買うのはなんだかちょっと楽しかった。

今回の集まりに参加している人の中で、女性は私と一緒に買い物に行った支援者しかおらず、自然とその人と二人で作る流れになる。私は料理が得意なので、やる気を出した。豚汁を作るのは久しぶりだけれど、難しい料理ではない。大根と人参をいちょう切りにしてどんどんボウルに入れる。油揚げやこんにゃくも切ってボウルに入れておく。私は豚肉のパックを二つ、大きな鍋に入れて炒めた。肉が焼け、いい匂いが立ち上る。そこに切った野菜を投入して、木べらで混ぜる。時々、元ホームレスの人たちが鍋を覗きに来る。私はなんだか楽しくなってきた。

女性の支援者の人が、お米を持ってきた。

「古米だから、あんまり美味しくないけど」

そういって米をとぎ、炊飯器に入れる。人数が多いので、炊飯ジャーは二つ用意されていた。私は古米を食べたことがない。古米がどれくらい古いお米のことを指すのかわからないが、去年か一昨年のお米かな、と勝手に推測した。

私は鍋に水を入れて、グラグラと沸かし、豆腐と油揚げを入れ、だしの素を入れる。あとは最後に味噌を入れれば完成だ。支援者の女性は長ネギをトントントンと切っていた。あとで豚汁に散らすのだろう。

豚汁が煮えたので、味噌を入れると、いい匂いが立ち込める。豚肉の脂が浮いていて、それも食欲をそそる。お椀を出して豚汁をよそい、長ネギを散らす。集まった人は豚汁とご飯を手にして一つのテーブルに集まった。

一人の元ホームレスの男性が手を合わせる。

「いただきます」

みんなも揃って「いただきます」と口にする。

私は「いただきます」と声に出したのは久しぶりだった。一人で暮らしていると、「いただきます」を言わなくなる。食卓の上に、雑多なおかずを出して、一人で黙々と食べるのが私の日常だ。久しぶりに人と食卓を共にして、私は家族のことを思い出した。私たち家族は、バラバラになり、みんなそれぞれ違ったところに住んでいる。幼い頃は憎しみあいながらも一つ屋根の下で暮らしていたが、兄は結婚をして家を出て、両親は離婚した。そして、私たちはお正月に集まることもせず、ぷっつりと連絡を取らなくなった。家族という装置は私たち兄妹が大人になるまで必要だったから、続けていただけなのかもしれない。私たちは生き延びるために互いに依存していただけだったのだと思う。

豚汁を口にすると、当たり前の味なのに、なんだかいつもより美味しく感じた。古米のお茶碗を手にして箸を口に運ぶ。お米があまりにもパサパサしているので、びっくりした。これは去年とか一昨年レベルの古米ではない。10年とかそれくらいのものだと思う。しかし、私は黙って食べた。食べて食べられないという代物でもない。おかずのたらことキムチは遠慮しておいた。私より何倍も苦労した人の方が食べるのに相応しい。

ふと、ある男性が口を開いた。

「みんなで食べると美味しいなー」

私は当たり前のその言葉に胸が詰まった。みんなでご飯を食べると美味しい、そんな当たり前のことを奪われて来た人たちがここにいる。そして、私もだ。過ぎ去った日の記憶だから美しく残っているのかもしれないが、私は「いただきます」を言っていたあの食卓を懐かしく思う。母の作るつつましい食事と、父が突然気合を入れて作る珍妙なまずい料理。父はある日、何を思ったか、果物を天ぷらにしてみたらどうだ、と提案して、リンゴや柿やバナナを揚げた。まずい、まずい、と言いながらみんなで囲んだあの食卓はもう、記憶の中にしかない。味は良くなかったけど、父の果物の天ぷらはとても記憶に残っていて、楽しかった食事の一つだ。

美味しいご飯というのは、高級な食材や、高級なお店の料理ではないのだと思う。私は病気になってから講演会で発表するようになって、終了後に食事を講演会の登壇者たちと一緒に取ることがあるのだけれど、その時の食事が美味しいかと言われればそうでもないからだ。偉いお医者さんや、スーツを着ている人たちと食べる、エビやホタテの料理より、元ホームレスの人たちと食べる豚汁と古米の方が私は美味しい。この豚汁と古米には「弱さ」という調味料が入っているのだ。弱いということは良くないことのように思われがちだが、弱さが集まると、人の心には優しさが生まれる。そして、その場がとてもほかほかしたものになる。私たちは子供の頃から強くなるようにと教育されてきた。頭のいい大学に入り、良い企業に入る。しかし、そういった強さの前に人の心は折れる。強くなることはとても難しく、強くなると大切な何かを失う。それは思いやりだったり、人に親切にする心だったりする。

今日、ここに集まっている元ホームレスの人たちはとても大変な困難を経てきた人たちだと、この集まりに誘ってくれたソーシャルワーカーが教えてくれた。とび職をして、足に大怪我を負った人や、テキ屋で働いていた人。年を重ね、精神疾患を持ち、ここに今日きている人たちはゆっくりゆっくり人生を降りていっている。勝利や成功といったものから遠ざかり、日々をつつましく生きている。私は成功や、上昇を求めないようにしていきたい。それは人の心を握りつぶし苦しくさせるものだ。いろいろなものを手放し、諦め、ゆっくりと人生を降りていきたい。

エロ表現は規制しなくていい

女性として生きていると、辛いことがたくさん起こる。私は短大生の時、ひどい痴漢に遭っていた。満員電車の中で、太ももの間に手を入れられたり、背中に熱いペニスを押し付けられたりした。電車が空いてきてから、私が他の車両に移動しても追いかけてきて、ペニスを背中に押し付けてくるのだ。私は背後の男性の顔を見ることもできず、ただ、震えていた。今思えば、安全ピンを持ち歩くようにして、ペニスに刺してやればよかったと思う。私はいまだに、痴漢に遭っていたあの電車に乗ると動悸がするので、乗るのを極力避けている。

短大生の頃、飲み会の後に、夜道を歩いていたら、足音が近づいてきたが、同じ方向に向かっているのだろうと思って気に留めていなかった。しかし、その足音の主は周囲に人がいなくなったら、走って私に近づいてきて、後ろから抱きつき、私の口を塞ぎ押し倒してきた。私は驚きと恐怖で腹から声を出したが、口を塞がれているので、誰にも届かない。このままレイプされるんだろうか。ひょっとしたら殺されるかもしれない。男は私のスカートの中に手を入れて、下着の上から性器を触った。私は恐れおののき絶叫し続けたが、体には全く力が入らない。その瞬間、近くの一戸建ての人が騒ぎに気がついて出てきたら、男は一目散に走り去った。

一戸建てに住んでいる人は「警察を呼びましょうか」と言ったが、私はすぐに立ち上がることができなかったのと、早く家に帰りたかったので「いいです」と言って、ふらふらと家に帰った。なんとか家について横になったものの、やはり、このことは警察に届けたほうが良いのではないか?と思い、次の日に警察に行った。

駅前の交番で昨日あったことを話す。男の警官に自分の暴行被害を話すのは苦しかった。そして、男は何をしてきたか、と執拗に聞かれた。具体的に話してくださいと促され、とても困った。「スカートの中に手を入れられました」くらいしか言えなかった。どこらへんで痴漢に遭ったのかと聞かれ、地図を出されて指し示すように言われる。「この辺りです」と言うと、「あー、最近よく出るんだよね」と他人事のように言った。結局そのまま帰された。私は警察に行かなければよかったと思った。

所属している大学のサークルの人たちにこの話をしたら、「夜遅くに一人で歩いているのがいけない」と言われて、「防犯ブザーを買ったらどうか」と言われた。私は量販店で防犯ブザーを買い、1年間、毎日防犯ブザーを手にして家まで全速力で走って帰宅した。息をゼイゼイ切らし、被害者の自分がこんな思いをしているのが悔しかった。

10代の頃は街中を歩いていると、若い男性にたくさん声をかけられた。それはキャッチセールスや何かの勧誘だと思う。私はそれを全て無視していたが、無視しても、ずっと追いかけてきて、しまいには道の真ん中で両手を広げて私の行く手を邪魔するのだ。私はムカムカしてその男の手を払いのけると、男は私に向かって「なんだよ！　この豚！」と罵った。肩を怒らせて振り返らずに歩くけれど、道を歩けば、ティッシュ配りの男性たちから、安物の風俗店のティッシュを勝手にバッグの中にバンバン入れられる。

私がまだ二十歳そこそこのころ、私はずいぶん男から嫌な目にあっていた。私は自分の姿が女に見えないように努力をしていて、髪を短く切り、なるべくズボンをはいた。それでも被害は減らなかった。

漫画が好き、という理由で私はエロ漫画の編集プロダクションに入社した。私は男性向けエロ漫画を真剣に読んだことがない。父や兄が持っているのを覗き見している程度だった。

この職場で私は表現規制という問題にぶち当たる。私は企画会議で女子高生を出したいと提案した。自分としては男の人たちは女子高生というアイコンが大好きだからという軽い気持ちだった。しかし、私が編集していた雑誌では女子高生を登場させてはいけないというのだ。多分、未成年という理由だと思う。しかし、男性が未成年の女子高生に欲情しているのは周知の事実である。そのくせ、編集長は「制服を出せ」というのだ。私は散々悩んで、メイドさんを主人公にする案を提案した。年齢は明かしていないものの、10代に見える女の子がメイド服を着てセックスをする漫画を担当した。

私の担当していた漫画はコンビニ流通系だったため、規制が随分かかっていた。仕事のために、よその漫画雑誌を見ると、相手が義母だったり、血の繋がっていない妹だったりという設定もある。男性が家族に欲情するというのは驚きだ。他にも、電車の中で痴漢をしたら、女は痴漢されるのを喜んでいた、というような描写があったりする。「女は男にエロいことをして欲しがっている」という間違った信念があるのだろう。女にも性欲があるのは間違いではないが、正直、電車の中の知らない人には欲情しない。こういう漫画を読むと男の気持ちがわかってくる。あの電車の痴漢たちは私が痴漢されるのを喜んでいると思っていたのだろう。


時々、エロ表現の規制が話題になるが、私はエロ表現を規制しなくていいと思っている。表現を規制することにより、過激な作品が少なくなれば、犯罪は減るのだろうか。私はそうは思わない。すでに、現実の方でおぞましい事件が起こっているのだ。小学生の女の子をレイプして殺害する事件が最近も起こった。妻と子供がいる男性ですら、そういう欲望を抱えているのだ。私の友人は「PTA会長があんな事件を起こして、どうやって子供に説明すればいいかわからない」と嘆いていた。

私はむしろ、漫画家たちに描いてもらいたいと思う。幼い子をレイプしたいという欲望や、実の妹や姉、母に欲情する感情を。男の考えを読み取るために、エロ漫画が必要だ。どれだけ、おぞましいことを考えているのかを描いて欲しい。そうでなければ、私たち女は自衛できない。

それに、私は物書きとしても、表現の規制に反対だ。筒井康隆の『断筆宣言への軌跡』の中に「タブー（禁忌）の多い国ほど未開の国であるという社会学的事実を、ぼくは思い起さずにはいられない。（タブーの語源は、タヒチ語のタプーである）」とあった。

先ほど、自衛と書いたが、私はこれをとても悲しいことだと思っている。なぜなら、相手の暴力を容認しているからだ。それに、女の人は男の人よりも、体力的に劣る。学校の授業で女性にも空手や柔道を習わせた方がよいのだろうか。本当は、暴力のない世の中がよいのだが、流石にそれは理想論なのだろう。心ある男性が増えてくれるように願うしかない。

もちろん、全ての男性がおぞましい欲望を持っているとは限らないし、欲望を持っていてもコントロールできている人もいる。その欲望を表に出してしまうのは、男性の中には根っこの部分に女性蔑視があるからだと思う。この社会全体が女性を第二の性として扱っている以上、こういった犯罪は消えないだろう。

しかし、最近の若い人は考えが変わってきている。仕事をしている20代の編集者の男性は自ら料理を取り分けるし、ファミレスで私の分まで水を汲んで持ってくる。「私がしないといけないと思っていた」と言うと、「小林さんはジェンダーを内面化しすぎです」と言われた。彼のような男性はもっと増えるべきだと思う。それに、私がプライベートで会っている男性たちはとても優しい人ばかりだ。まだ、私は男性に希望を捨ててはいない。

生活保護の理想と現実

ここのところ、生活保護という単語をよく見かける。柏木ハルコさんの『健康で文化的な最低限度の生活』という漫画はドラマ化もされた。本屋さんでも生活保護を絡めたタイトルを見るし、ネットの記事でも生活保護が取り上げられていることが多い。

思えば、自分が子供の頃には生活保護なんていう単語は目にすることがなかった。お金持ちも貧乏な人も、自分の収入だけで生活をやりくりしていると思っていたのだ。けれど、自分が子供の頃も、生活保護を受けている人は確実にいたはずである。この数年、生活保護が目立ってきたのは、ふつうに働いている人が貧困に陥っているからだと思う。生活保護基準以下で働かされている人が多くなり、働くより生活保護を受けたほうがマシ、という状況の人が増えてきたからであろう。そのため、生活保護を受けている人のほうが恵まれているというおかしな状況になってきたため、生活保護受給者に対しバッシングが起こっているのだ。

生活保護受給者たちは一般の人たちの前に姿を晒さない。顔を出さない当事者たちは、他人によって勝手にイメージで語られるようになる。怠け者、税金泥棒、車を乗り回している、パチンコに行っている、等々。そのような中で、ドラマ『健康で文化的な最低限度の生活』は画期的であった。熱心な新人ケースワーカーと、どうしようもない苦しい事情で生活保護を受給せざるを得ない当事者たち。原作漫画も読んでいるけれど、毎回緊張しながらテレビの前に座っていたのは、自分が関わっていた世界がドラマになることが気になって仕方なかったからだ。困難だらけの生活保護受給者に熱心に関わっていく主人公を軸にして進んでいくストーリーには毎回心が熱くなった。しかし、あれはフィクションなのだ。面白く、感動できるお話にするには、ある程度、話を盛ったり、善人を出したりしなければならない。新人のケースワーカーが生活保護受給者に真摯に向き合い、生活や就職を支援する姿は、視聴者の理想の姿なのだ。

ドラマの冒頭で、生活保護受給者が生活課に「これから死にます」と電話するシーンがあり、私はこれにひどく違和感を感じた。私が生活保護を受けていたときは、ケースワーカーにそんな電話などできなかった。そういったことを話せるくらいの距離感ではなかったし、ケースワーカーたちは生活保護受給者には無関心で、見下している場面が多々あったからだ。私も生活保護受給中に一度、自殺未遂をしたが、ケースワーカーには連絡しなかったたし、彼らからもなんの連絡も来なかった。

思えば、生活保護を受けていた時の私の生活は、社会からバッサリと切り離されていた。朝起きても、行くところがないし、喋る相手がいなくて、話しかけてくれるのはテレビだけ。家を出ても、行くところはスーパーくらい。会ってくれる友達もいないし、いたとしても喫茶店や居酒屋で支払うお金がない。私は自転車に乗って一円でも安いスーパーに買い物に行くのだけが人生の目的になっていた。汗をかきながら自転車を漕いで、遠くの激安スーパーに向かうと、小学生の集団とすれ違って悲しくなった。私だってあのように無邪気な時があり、自分が将来生活保護を受けることになるなどとは微塵も思っていなかったのだ。

ドラマに出てくる生活保護受給者たちも、私と同じように家族や友人から見放されていて、昔はきちんとした生活をしていた人たちだった。そして、ドラマの中でケースワーカーたちはうっとうしいくらいに、生活保護受給者に関わっていた。生活保護受給者の方が「もう、自分に関わらないでください！」と言ってしまう場面すらあった。私はもやもやとした違和感を感じた。私は、うっとうしいほどの手厚い支援を受けていなかったからだ。

しかし、この作品で私は大切なことを知った。それは、生活保護受給者は働けるものは働かなければならないということで、ケースワーカーたちはそれを支援する立場だということである。私はそんな簡単なことを知らないまま生活保護を受給していた。生活保護を受ける際、そのような説明はされなかったし、受け始めてからも一切言われなかった。むしろ、働き始めた時、いけないことをしているのだろうかという不安すらあった。もちろん、働くように言われなかったのは、私が精神障害者で10年以上働いた経験がないということも関与しているのかもしれないが、そのように力をなくし、生活保護を受けるようになったものにこそ、本人の意思を確かめ、就労に結びつけるのが本当ではないだろうか。むしろ、どこの公的な機関ともつながる手段がなく、ここまできてしまったのだから、公的サービスに結びついたことはチャンスであり、やり直せる機会を与えられたととってもよい。

私は20代の時に無職になってから、ずっと仕事がしたくて、生活保護を受けることになってもその意思は変わらなかった。しかし、ケースワーカーは一度も私に就労の意思を聞かなかった。けれど、私が収入を得ているのかどうかは気になっていたらしく、一度、VTRでテレビ出演をした時は、放送の次の日に私の家に来て、

「テレビに出ていましたけれど、お金はもらっていないのですか?」

と聞いてきたのだ。

1ヶ月に1回、私の家に生存確認にくるだけのケースワーカーがこんなに素早く動けることが意外だった。私がお金をもらっていないことを伝えるとしぶしぶ帰っていった。お金をもらっているかいないかだけの確認なら、電話でも良いと思うのだが、直接会うことで、威圧感を出したかったのだろうか。しかし、私が言いたいのは、あなたたちの仕事は、生活保護受給者が勝手に働き始めて不正受給をしないかを見張ることではない。生活保護受給者が自分らしい生活をできるように、支援することだ。

これは聞いた話なのだが、ある地域のケースワーカーは訪問に行った際に、生活保護受給者の家の中に、今まで見たことがない銀行のカレンダーが貼ってあると、収入がないかチェックするのだという。すでに、仕事の意味が違ったものになっている。

生活保護のケースワーカーは、福祉の仕事をしたくて配属された人たちではなく、公務員試験を受けて、採用され、市役所で生活保護課に配属されるという場合が多いそうだ。だから、福祉の専門的な知識がない。しかし、私は一番大事なのは知識でなく、その人の心や、考え方だと思っている。漫画の主人公のケースワーカーはたまたま、生活保護課に配属されたが、その素直さと熱心さで、真剣に生活保護受給者の将来を考えて、行動していた。しかし、私を担当したケースワーカーは差別心をあらわにして、私と接していた。

「精神障害者は働けない」

「一応、短大は出ているんだ」

「お父さんも、生活保護?」

差別意識が丸出しの質問に私はいつも悔しかったが、生活保護を受けているという自分の実際を思うと何も言い返せず悲しかった。

もちろん、私の担当のケースワーカーのような考え方の人は社会にいっぱいいる。強い人、健康な人、挫折を知らない人は、失敗した人に対して非常に冷たい。別に、このような考えの人がいても私は構わないが、できることなら関わらないで生きていきたい。彼らだって、私たちと関わりたくないのだ。

私は生活保護に関しては福祉を専門的に学んだ人にケースワーカーになって欲しいと願っている。そのような人たちは、弱者をどのように支援するかということを知っているし、自らこの道にくることを選んだのだから、覚悟もあるだろう。そして、生活保護を受けていた人を生活保護に関する仕事に就かせるのも良いと思う。生活保護を受けているときに不安だったのは、自分と同じような生活をしている人が見当たらず、どのようにすればこの状況から脱出することができるのかわからないことだった。それを考えると、ロールモデルとなる元生活保護受給者は、現在生活保護を受けている人の希望になるのではないだろうか。

柏木ハルコさんが『健康で文化的な最低限度の生活』で生活保護を漫画にし、この作品がドラマになったことはとても意義のあることだと思う。やっと、弱い人へ目が向けられる時代がきたのだ。この作品には、様々な困難を生き延びている人が出てくる。アルコール依存症、シングルマザー、近親者による性的虐待の被害者。幸福の形は限られているが、不幸の形は実に様々で、私たちの想像が届かないものがある。字の読み書きができない人が登場したときは、ショックを受けた。

貧困に陥る人というのは、生きる上での困難を抱えている人たちで、その人たちには、強いサポートが必要だ。ただ、生活保護費を支給するだけでなく、どうやったら、いまよりも質の良い生活ができるのかを一緒に考えてくれるケースワーカーの登場を待ち望む。制度や、体制の問題もあると思うが、ケースワーカーたちに必要なのは、弱者を差別しない心、人に対して尊厳を持つ姿勢。そういったものが一番必要なのだ。

「精神病新聞」のころ

私は茨城の実家に引きこもるようになってからも、中野ブロードウェイにあるタコシェと新宿の模索舎には月に1回通っていた。その店には一般の書店には流通していない本が集まっていて、強烈な個性の本ばかりがあった。青林堂の漫画家が描いた同人誌、画鋲が特集のミニコミ、アングラなアーティストの缶バッチやTシャツ、苔の栽培キットなんかもあった。

そして、店の入り口にはフリーペーパーがおかれていて、私はいつも1時間くらいそこを漁っていた。インターネットがいまほど身近ではなかった時代、そこには何かを発信したい人たちの熱気が立ち込めていた。ワープロで打ち込んだ文字と一緒に手書きの絵が書いてあるものや、全文手書きのもの、それらをコンビニのコピー機で印刷して無料で配布しているのだ。

覚えているもので印象に残っているのは、家を持たない人が、いろんな人の家に居候をして、その時のことをフリーペーパーに書き記し、最後に自分の携帯の電話番号を書いて「次の居候先を募集します」という実験的なものだった。

前の職場で知り合った友人は「月刊豆」というフリーペーパーを作っていた。内容は一切ブレずにひたすら豆のことだけを書いていた。一緒に遊んだ時に、パウンドケーキを食べようということになった時、友人はきな粉味を選んでいたので、本当に豆が好きなようだった。

私は友達に感化されて、自分もフリーペーパーを作りたいと思い、実行に移すことにした。タイトルは人の目を引き、一言で自分を表すものがいい。パソコンの画面を見ながら、しばらく考え込む。いまの自分は精神病院を退院してから何もしていない。せっかく精神病なのだし、タイトルにつけてみよう。精神病だけだと締まらないので、新聞とでもつけようか。ついでだから月刊にしよう。そうして決まったタイトルは「月刊精神病新聞」になった。記念すべき第1回の記事は及川光博のライブレポだった。会場のスタッフはなぜか全員ショッカーのコスプレをしているし、コンサートが始まる時には「これから歌劇、逃げ出せ青春をお送りします」などとアナウンスが流れる。そして、アンコールではミッチーが若手アイドル花椿蘭丸という自分で作り上げたキャラを演じて終演、などと書いた。精神病と全く関係ない。そして、著者近影はサイババにした。私の精一杯のギャグだった。最後に、自分の住所と名前を書いた。まだ、ネットが普及していない時代、どのフリーペーパーも連絡先に自宅の住所を載せていた。私はパソコンで文章をプリントアウトして、切り取って紙の上にペタペタと貼り、及川光博の絵を手書きで描き、持っていたサイババの写真をそのまま貼った。近所のコンビニに行って、100枚印刷しながら、満足感でいっぱいだった。しかし、1000円もかかってしまい、情報発信にはお金がかかるのだと実感した。

私はフリーペーパーを配布するため、家を出て電車に乗った。東京に住んでいた時は新宿も中野も近かったけれど、茨城の実家からだととても遠い。私はカバンの中の本を取り出して読みながら、2時間近く電車に揺られた。タコシェと模索舎に行くと、店員さんは軽くお礼を言って受け取ってくれた。そして、お店の外のフリーペーパーの棚に置いてくれた。私は嬉しくて、自分のフリーペーパーが置かれた棚をニヤニヤ眺めた。しばらく、お店の周りをウロウロして、私のフリーペーパーを取っていく人を見つけるとホッとして帰途についた。

私は当時、母親と暮らしていて、父とは別居していた。父が私と母親が住んでいる団地に訪れた時に、父に「精神病新聞」を見せた。私は父に「面白いな」と言ってもらいたかったのだ。しかし、父は私のフリーペーパーに住所が書かれているのを見て発狂したように叫んだ。

「なんだ、これは！　これを見て、頭のおかしい奴が家にきたらどうするんだ！　こんなものを作るのはやめろ！」

思えば、父はいつも私がやりたいことに反対してきた。私がどうしても行きたかった美大への進学に反対した。そして、フリーペーパーまで。そもそも、頭のおかしい奴が家にきたらというが、頭のおかしい奴とは精神病である作者の私だ。

私は負けじと父に向かって叫んだ。

「お父さんが、一番、精神病者を差別している。こんなフリーペーパーで家に押しよせる頭のおかしい人なんているはずがない！」

侃々諤々《かんかんがくがく》とお互いにまくし立て、父は肩をいからせながら帰った。私は悔しくてボロボロ泣いた。

私は父の大反対を受けたが、その後も精神病新聞の発行を続けた。第2回と第3回は「精神病院入院記」にした。しかし、父が怖かったので、住所を書くのは控えた。

模索舎の店員さんから、

「これ、人気があるんですよ。ぜひ、次も持ってきてください。多めに持ってきてくれると助かります」

と言われた。私は父の反対があったので、作ることに少し迷いを感じていた。しかし、店員さんの声がけはとても嬉しく、続けようという気持ちになった。模索舎を出て、駅に向かって歩く。世界堂の前を歩き、マルイを抜けて、雑踏の中を歩いている私は誇らしい気持ちで胸がいっぱいだった。茨城の実家に引きこもっている精神病者の私は、フリーペーパーを作ることで、ただの病気の人間ではない、何者かになれたような気がしたのだ。

私は地道に月一で精神病新聞の発行を続けた。そして、ミニコミを作ってみたいと思い立ち、20数ページのミニコミを１００部作った。その名も「精神病の本」だ。内容は主に精神病院に入院していた時のことだ。私はお店に電話して納品に行きますと伝えた。タコシェも模索舎も30部くらい引き受けてくれるのだろうと勝手に考えていたのだが、タコシェは10部、模索舎は15部だった。私はがっかりしたが、最初の相場はそんなものだと思う。しかし、その日のうちに、タコシェから電話がかかってきた。1日で8部売れたので、追加の納品を頼まれた。私は自分の本が売れたことが嬉しくてしょうがなかった。また都内に出るのが大変なので、近所の郵便局から郵送した。発送が終わって郵便局を出ると、爽やかな秋空が広がっていた。いつも見ている風景と、いつもと変わらぬ空の色がなんだか今日は違って見えた。無職で、精神病で、何者でもない私が、ようやく、人から認められたのだ。プロでもないし、たくさんのお金が入ってくるわけでもないけれど、私は嬉しかった。

私はコツコツとフリーペーパーを発行していた。ある日、実家の郵便ポストに知らない人から私宛に手紙が来ていた。開いてみると、神経質そうな字で自分はライターであること、そして、私の精神病新聞について取材したいと書かれていた。文面に「世に数あるフリーペーパーの中でも、小林さんの作られたものはオリジナルで異彩を放ち、本当に楽しませていただきました。だから、こんな本だらけの部屋にも埋もれず、特別な場所に保管し大事にしてきました」とあった。私は手紙を何回も読んだ。まるで、大好きな恋人から送られて来た恋文のような気持ちで読んだ。そして、「最初の号しかもっていないので、次号以降もあったら、送って欲しい」

とあったので、すぐに送った。1年分の12枚をぎっしりと詰めて返信した。父は私が実家の住所を書いたことに反対したが、実家の住所を書いたおかげで、取材の依頼がきたのだ。

年末、都内で、ライターの方に会い、取材を受けた。私は久しぶりに知らない人に会うので、テンションが高くなって、饒舌だった。ライターの人は長い時間私の話を聞いてくれた。そして、歌舞伎町で一緒にプリクラを撮った。その取材の内容は太田出版の「クイック・ジャパン」に4ページ掲載された。「クイック・ジャパン」は私が高校生の時に創刊された、私が大好きなサブカルチャーを得意とする雑誌だった。本の発売日、「献本しますよ」とライターの人に言われたのに、私は電車に乗って都内の本屋を訪れた。平積みされている「クイック・ジャパン」を開くと、目次に「月刊精神病新聞は本当に月刊だった！」というタイトルが躍っているのを発見し、焦る気持ちでページを繰る。そこには私の精神病新聞が載っていて、先日の取材の内容が活字になっていた。何回も読んで満足してから3冊レジに持っていった。人生で初めてのメディア露出である。そして、「クイック・ジャパン」に載ってから、タコシェの店員さんに、精神病新聞の問い合わせが多いから、ミニコミも増刷してくれと言われた。しかし、初めて出したミニコミは売り切るのに時間がかかったので、もう出したくなかった。なので、増刷は渋っていたのだが、過去のフリーペーパーを集めた新刊を出した。これが1ヶ月で300部売れた。大ヒットだと思う。

売れるようになると、芋づる式で、取材が来る。ある新聞にも取り上げてもらったのだが、こちらの新聞は「精神病」という言葉が差別に当たるから、という理由で使えなくて、ミニコミのタイトルがない形での掲載となったがそれでも嬉しかった。他にも「散歩の達人」にも載せてもらったりして、ミニコミの売れ行きは好調だった。私は茨城の実家でコツコツフリーペーパーとミニコミを作っていた。そして、ミニコミを通じて友達ができて、よそのミニコミにも寄稿するようになった。私はこうやって人の輪を広げて行った。

私が雑誌に取り上げられるようになると、父の態度も変わってきた。インターネットが普及し、ブログのサービスが始まった頃、

「エリコ、ブログをやってみたらどうだ」

と声をかけてきたのは父であった。多分、父も私が社会から認められたことは嬉しかったのだと思う。

私は無職で精神科に通っている間、ずっと精神病新聞を発行してきた。自殺未遂をしたり、精神病院に入院したことは大切なネタで、必ず次号に詳細を書いていた。ある読者に「私にとっての東京は精神病新聞です」と言われたことがある。私のフリーペーパーは月1回発行をしていて、決して原稿を落とすことはしなかった。そして、精神病新聞は東京にしかない。多分、東京にいるときにしか、手にできないこの新聞は強烈に脳内に残っていたのだろう。

しかし、発行も終わりを迎えることになる。10年以上出し続けていたが、その間に、私は生活保護を受けることになったり、大きな自殺未遂をして死にかけたりした。そして、紆余曲折あり、NPO法人で働くようになる。働き始めてから、自分が随分と元気になってきたのがわかった。そして、薬の数も減ってきて、自殺したいと思うときが減ってきた。ああ、私は健康になったのだ、もしかしたら、もう精神病ではないのかもしれない。そう思ったとき、精神病新聞の発行をやめる決意をした。病気ではあるけれど、精神病を名乗るほどではない。最終号を発行して、タコシェに置かせてもらった。タコシェは特別に精神病新聞の最終号をネットショップに載せてくれた。あっという間にソールドアウトになった。

しかし、書くという行為は相変わらず続けている。精神病新聞をやめてからフリーペーパーの「エリコ新聞」を発行し、同人誌で漫画を描き始めた。私は何かを書き続けていないと死んでしまうタイプの人間なのだと思う。何かを書き、作ることは特別なことではないと教えてくれたのは、ミニコミであり、フリーペーパーだった。90年代に私と同じように書き続けていた人たちが今も書き続けているのか定かではないが、あの時に書いていた人たちは私にとっての希望であり、同胞だった。私を励まし勇気づけてくれた彼らには拍手と賛辞を送りたい。

絶縁した父の話 4

絶縁した父の話

31歳の時に父親と絶縁した。それきり10年間会っていない。正確な住所も知らない。

子供の頃の最初の記憶は父の膝の上だった。私が隙を見つけてぴょこんと父の膝に飛び乗ると、そこから見えるのは、テーブルに置かれた晩御飯のおかずと父の晩酌のビール。その向こうにはブラウン管のテレビがお笑い番組を流していて、どこにでもある昭和の平和な家庭だった。

私は改めて父の話がしたい。私と父がどこを向いて、何を見落とし、間違えたのか。終わってしまった親子の肖像を書き記しておきたい。

*

父は映画が大好きで、話題作が公開されると会社を休んで見に行った。見た映画のパンフレットは必ず買っていて、ダンボールに3箱分くらい溜まっていた。高校生の時、ダンボール箱を覗いたら、『2001年宇宙の旅』や『時計じかけのオレンジ』のパンフレットもあったので、父はただの映画好きというより映画マニアだったのだと思う。

父はお正月になると会社の同僚や友人を大勢連れてきてお酒を飲むのが好きだったのだが、休日に一人で映画に出かけていたのを思うと、あまり友達がいなかったのではないかと思う。マニアックな映画を好む父と話が合う人がいたとは思えない。

小学生の頃に、レンタルビデオ屋ができてから、父は毎晩のように映画を借りてきて、お茶の間のテレビで見るようになった。最初は家族で楽しんで見ていたが、だんだんマニアックな映画になり、母はイライラし出した。母は父に比べて俗っぽい人間で、芸術に対してあまり理解がなく、流行りのテレビドラマを見たがった。そんな家族をよそに父はずっと映画を見ていた。黒澤明、小津安二郎、ウイリアム・ワイラー、チャップリン、大島渚、原一男。一日で2本の映画を見ることもある父は何かに乗っ取られているみたいで、寂しくなった私は、父が見ている映画を一緒に見るようになった。私が映画に興味を示すと、父は子供の私のために、オードリー・ヘップバーンやフランク・シナトラなどの名作を見せてくれて、小学校高学年の私は夢中になった。私は映画を通してたくさん父と語り合ったが、クラスメイトとは話ができなくなっていった。モノクロの映画を見ている小学生なんてクラスには一人もいなかったし、中学生ではトーキー映画を見ていたので、誰とも話を合わせられず、辛い思いをした。

父は私に映画の英才教育を施したのだと思う。私は父の娘としてその使命を全うした。父を愛し、父を理解する愛すべき娘として、父と共に映画を見続けていた。父は母のことを褒めないが私のことは「賢い」といって褒めてくれるので、ますます映画に没頭するようになった。

私は幼い時分に父の良き理解者として生きることを選択した。父の機嫌が良ければ家族は丸く収まるのだ。思えば父は家庭の中で王様のような振る舞いをしていた。父は自分で背広を脱いだことがなくて、家に帰ってくると「おい」と言って母に脱がしてもらうし、私は父に命ぜられて、父の革靴を小学校低学年の頃から磨いていた。靴クリームを塗り、乾いた布で磨くのだが、子供の力のせいか、なかなかピカピカにならず、諦めてそのままにしてしまうと、出勤した後に、

「あの靴を磨いたのは誰だ！　ピカピカになっていないじゃないか！　仕方ないから街角の靴磨きに出したけど、もう、ああいう中途半端な磨き方はやめろ！」

というクレームの電話が父からきた。

父はお風呂に入ってしばらくすると、

「おーい！　エリコ、背中流してくれ」

と私を呼ぶ。

父の背中を流すのは私の役目だったのだけれど、まだ10歳にも満たないので、広い父の背中

を流すのは一仕事だった。「もっと隅っこまできちんと流せ。脇腹が甘い」そう横暴に言う父に対して私はなんの疑問も持たないで生きていたし、きちんと父の背中を流せない私はダメな子供なのだなと思っていた。

しかし、大人になってから自分でお風呂に入るようになって、背中なんて自分で流せるのに、なぜ父は私に洗わせていたのかと思うことがある。むしろ、人にやってもらう方が面倒臭いのではないかと感じる。父は娘を三助にすることによって、自分の権力を見せつけていたのかもしれない。私は父に反抗することがどうしてもできない人間に成長したからだ。

*

父はアルコール依存症ではないが、アルコールの問題を抱えている人だった。平日の朝はきちんと起きて、酒を飲むこともなく、出勤する。しかし、夜の12時頃にはタクシーで帰宅して玄関に倒れ込み、酒の飲み過ぎから水を母にねだる。それが毎晩続く。土日は当たり前のように朝から飲むし、仕事以外の時間は大体アルコールを体に入れていた。

父は酔うと酒臭い息で、いつも私に聞く。「お父さんのことは好きか」と。私は、「酔っているお父さんは嫌い。酔ってないお父さんが好き」と答える。それは本当だった。

その問答は何年間も続いた。絶えず、自分のことを好きかと尋ねる父は何か不安があったのだろうか。子供にとって親は絶対的なものであり、嫌いになることは難しい。しかし、何度も尋ねる父を思うと、心の中に真っ黒なブラックホールのごとく孤独がぽっかりと口を開けているのかもしれないと思うようになった。父は孤独から目を背けたくて、酒を飲み続けたのかもしれないし、孤独をなくすために家族を作ったのに、まだ孤独に責め立てられていた。

父は酔っ払うとカラオケを歌い出すのがお決まりのコースだった。なぜかうちにはカラオケのセットがあり、ヒット曲ばかりが入ったカセットとアンプとマイクがあった。狭い団地でカラオケをやるのを母は嫌がるが、父は近隣住民のことなど気にせず、マイクを持って私に曲をセットするように言う。父が大好きなアリスの「チャンピオン」を気分よく歌うのを見ながら、私は壊れたおもちゃみたいに無表情で拍手を続けたが、母と兄は無視を決め込んでいたので、私は二人に対してイラついていた。父の機嫌が悪くなれば、この家がおかしくなることになぜ二人は気づかないのかとムカムカしていた。私は拍手をしない二人の分まで力強く手を叩き、曲が終わると盛大に歓声を上げた。父はご機嫌になり、「エリコも歌うか」と言ってくる。私は遠慮するが、「歌え、歌え」と言うので仕方なくマイクを手にする。カラオケには古い歌謡曲しか入っていなくて、私が歌えるのは「四季の歌」だけだった。か細い声で、「四季の歌」を歌う私は、全く楽しくなくて、早くこの宴が終わればいいと思っていた。今思うと、終わって欲しいのは、宴ではなく、この家族だったのかもしれない。

酔った父は大概、威張り散らし、自分がいかに有能かを語り、もっと俺を労れと怒鳴る。そんな時のうちの中はお葬式のように静かで、父だけが騒がしい。私は父の機嫌をとるために「お父さんは凄いよ」などと語りかけるのだが、母は真逆のことをいう。そして、父が逆上してテーブルを蹴飛ばす。父のおつまみにと出した、テーブルの上の晩のおかずの残りが宙を舞う。シャケ、茄子の煮浸し、大根おろし。音もなくそれらは畳の上に散らばる。母は静かにそれを片付ける。私も手伝うが、大根おろしは畳の目に入り込んでしまって、片すのが困難だった。

私は学校では大人しかったが、一度喋りだすと止まらないたちで、時折、機関銃のようにクラスメイトに、自分の家のことを面白おかしく喋り続ける。父親が酔って暴れて、テーブルを蹴飛ばすこと、大根おろしは散らばると片付けるのが面倒なこと。今思えば痛々しいし、あまり笑える話じゃないが、私は笑い飛ばすことでなんとか自分の心を保とうとしていた。こんなこと、大したことじゃない。そう思いたかった。

私の実家は団地だ。リビングが一つに六畳と四畳半、それだけの生活空間に4人で暮らしていた。父は随分威張っていたが、家を買うこともできず、家族に贅沢をさせることもなかった。私は子供の頃に、満足がいくまでお菓子を食べた記憶がない。たまに母がポテトチップスを買ってくると、喜んですぐに袋を開けた。母は「お兄ちゃんと喧嘩にならないように」と言って二人分に分けるように命ずる。私はティッシュを2枚引っ張り出して、その上にポテトチップスを丁寧に分けた。兄の方に大きいポテトチップスを取り分けたら、私の方には小さいのを2枚おいた。ようやく、分け終わると私は夢中でポテトチップスを口に放り込む。油で手をベトベトにしながら、サクサクとした歯ごたえに酔った。私にとってお菓子はとても貴重なものだった。

私はいじめられてはいたが、近所に住んでいる子と少し遊ぶことがあった。その子の家に遊びに行くと、大きなプラスチックの箱を出してきた。その中には何種類ものお菓子が入っていて、途中まで食べたものは口を塞いであった。

「え！　こんなにお菓子があるの！」

私はびっくりして思わず声をあげた。

「うん。そんなに珍しいかな」

近所の子はキョトンとしている。

「うちにはこんなにお菓子がないよ」

私はたくさんのお菓子を見て、全て食べてしまいたい気持ちにかられた。かりんとう、チョコレート、おせんべい、ポテトチップス。お菓子なんてたかだか数百円で買えるのに、うちにはそんな余裕がなかった。

私の家の食卓はあまり豊かとは言えなかった。もやしを卵でとじたものやキャベツだけを甘辛く炒めたもの。特に、もやしはよく食卓に登場していたせいか苦手になった。大人になった今は積極的にもやしを避けている。私にとってもやしは貧困の象徴だった。あれだけ大威張りをしている父は家族を満足いくまで食べさせてはいなかった。外食は一切しなかったので、私は外での食事のマナーが大人になるまでわからなかった。ただ、数年に一回くらい父が思いついたように外食に連れて行ってくれた。タクシーを使ってフランス料理を食べに行ったり、高級な寿司屋に連れて行ったりして、普段の日との落差が激しくて私は戸惑った。普通のレストランに連れて行かず、そういうお店をチョイスするあたり、父だけは普段からそういう生活をしていたのだろうと大人になってから察した。私たち家族は父から経済的DVを受けていたと言っても過言ではない。

家の中で酒を飲むのは父だけだった。全ての酒飲みがそうであるように、父は酒を一人で飲むのは面白くないらしく、酔った父が、私と兄を自分の目の前に座らせてこう言った。

「お前らも、飲め。ビールくらいなら飲めるだろう」

兄は中学3年で、私は小学6年だった。父の手からコップに注がれる黄金色のビールを私は怯えながら見つめていた。飲まなければいけないのだろうか、飲んだら父のようになるのだろうか。兄は自分のコップにビールを注がれても無視をして、その場を立ち去り、残された私は父の機嫌をとるためにビールを飲んだ。苦い味が舌の上にジワリと残る。ビールは不味いと子供の間では言われているが、それほど不味くはなかった。それからたまに父と晩酌するようになった。

中学生になって、カクテル系のアルコール飲料が流行り始めた。それまではビールや缶チューハイが主流だったので、それらはとても流行った。父がカクテル系のアルコール飲料を買ってきて、私に勧めるので、私は中学生にして父と毎晩晩酌をするようになってしまった。私と晩酌をする時の父は満面の笑みを浮かべていたので、一人でお酒を飲むのが嫌だったのだと思う。私がお酒を飲むのを母が咎《とが》めたが、逆に父が怒り出した。私は若い体にアルコールが深刻な害をなすことなど知らず、飲み続けた結果、１ヶ月間生理が止まらなくなって、一人で愕然としていた。妊娠したら生理が止まるのは知っているけれど、生理が止まらないというのは、何が自分の体に起こっているのだろうか。ネットもないので、自分で調べることもできない。私は誰にも相談できず、悩み続けたが、しばらくして生理が止まらなくなったのはアルコールを飲むようになってからだと気がつき、アルコールをやめたら生理は正常になった。父の酒を断るのは勇気がいったが、断れば酷く強要してくるものでもなかった。

＊

父は毎晩、駅からタクシーで帰宅していた。父は高給取りではないのに、なぜあんなお金の使い方ができたのか疑問だった。大人になってから母に聞いたら、父は給料を半分くらいしか家に入れていなかったらしい。毎晩、酔って帰り、12時を過ぎた頃に帰宅して、母と大声で喧嘩をしていた。狭い団地なので、全ての声が聞こえる。襖越しに父と母の争う声と何かが壁にぶつかる音を聞いて、私は毎晩不安な気持ちで眠りについた。今思えば、よくこんな状況で眠れたものだと思う。

小学生の頃、私はあまり友達がいなかった。高学年になって少しはできたが、それは、どこのグループにも入れてもらえない最下層の子たちが肩を寄せ合っていただけで、遊んでいて楽しいとか、そういう類でなかったと思う。学校に一人でいることが耐えられないから似たような人間を見つけて集まっていただけだった。だから、放課後や休日に遊ぶこともそんなになかった。私が誰と休日を過ごしていたのかと言ったら父だった。

父は競馬と競輪が好きで、どちらかといえば競輪の方が好きだった。なぜかというと、競馬より、競輪の方が頭を使うらしい。同じ宿舎で過ごした選手同士は仲間を勝たせるためにレースの時に風除けになるそうだ。郷里が同じかどうか、過去のレースではどちらが風除けになったのか、などを考えるのが楽しいそうだ。

私の住んでいる街には競輪場があった。駅から無料の送迎バスが出ているので、父と共に駅まで歩く。駅に着くと父はまず、キヨスクで競馬新聞の「一馬」を買う。そして、「デルカップの辛いの」と店員に告げる。デルカップとはアルコールの飲み物で滋養強壮の効果があるらしく父は好んで飲んでいた。甘口と辛口があり、父は辛口しか飲まない。競輪の新聞でなく、競馬新聞を買うのは明日、JRAに寄るからだった。

駅前には競輪の新聞を売る人が出ていて、父は慣れた手つきで小銭を渡し新聞を買う。販売員は赤ペンをおまけで渡してくれていた。無料バス乗り場には父と同じくらいの年齢で同じようなグレーの服装をした人がたくさんいて、バスが来るのを待っていた。ピストン輸送で競輪場まで運ばれるのだが、バスの中はぎゅうぎゅうで息が苦しい。競輪場はとても開けた場所にあり、周囲には何もない。父の後について、私が入場すると入り口のモギリの人がたべっ子どうぶつをくれた。私はなんて気前がいいのだろうと驚いた。競輪場は大人にも気前が良く、寒い冬の日などは大量のホッカイロを配っていた。

競輪場の中の人はみんな赤ペンを耳に挟み、新聞を真剣に眺め何かを書き込んでいる。

「次のレースの予想だよ！」

大声で怒鳴るおじさんに何人もの人がお金を渡し、紙切れをもらっていた。父も500円を渡して紙切れをもらう。私にこそっと耳打ちする。

「あいつの予想は当たるんだ」

私は父の言葉を聞いて、素直に頷いた。予想が当たるかどうかより、予想を売るという仕事があることに驚いた。

父はたくさんの数字が書いてある電光掲示板を見ている。これはオッズというやつで、たくさん買われる車券の倍率は低く、少ないものは倍率が高い。必死になって見ているグレーのおじさんたちと一緒に、父に見方を教えてもらいながら、電光掲示板を眺める。頑張って理解しようとするが、難しくてわからない。私は電光掲示板を見ながら、父が何か食べ物を買ってくれないかなと期待していた。競輪場にはおでんや焼き鳥などいろんな食べ物が売っているのだ。

「ここのラーメンが一番美味い」

そう言って父が指差した先のラーメン屋の名前は「連勝亭」だった。ネーミングセンスが笑ってしまう。父と一緒に暖簾をくぐり、混雑する店内でラーメンを食べる。醤油味のラーメンをすすっていると父がチャーシューを分けてくれた。父は本当の悪人ではない。

父が私の手のひらに数百円握らせてきた。

「これで、車券を買ってこい」

私は競輪新聞を広げながら、しばらく悩んだ。車券よりもこれをポケットに入れてお菓子を買いたいところだが、そういうわけにもいかない。車券を売っているお姉さんに、自分の予想している番号を伝えると、お姉さんは私が子供であると知りながら、車券を売ってくれた。

人混みをかき分けレース場へ行くと、たくさんの観衆から歓声が湧き上がっていた。たくましい足をした競輪選手たちはものすごいスピードで何周も場内を走り抜ける。前を走る人の後ろにぴったりとつく選手たちは、まるでマシーンみたいだ。カンカンカンと鐘がなり最終レースを告げる。少しでも前に出ようと選手たちはキリキリしていたが、ゴールした途端にホッとしたのか急に速度を落とす。レース場からは喜びの声と怒りの声と失望の声が湧き上がる。手元の車券を見ると私の予想は外れていた。父も外れていたらしく「ちきしょう」と言って外れ車券を投げ捨てた。足元には同じような運命をたどった車券が大量に散らばっているのを不思議な気持ちで眺めていた。学校ではゴミを捨ててはいけませんと教わるのに、ここの大人たちは誰も守っていない。私も外れた車券を足下に捨てた。ここではそうやる方が正しい気がしたからだ。父は最終レースまで粘ったが、今日の戦果はプラスマイナスゼロと言ったところだった。

競輪の後は決まって父と居酒屋で飲んだ。私はコーラを頼み、父は当たり前のように「生中!」と店員に告げる。しばらくすると飲み物と一緒にさっき頼んだモツ煮がテーブルの上にサッと置かれる。小学生だけど、私は居酒屋が好きだった。ちょっと大人になった気持ちがするし、焼き鳥は子供の私にはご馳走だった。居酒屋のテレビからニュースが流れて今日が終わったことを告げている。私はギャンブルをする人はお金が欲しいためにやっているとは思えない。多分、彼らは暇なのだ。暇でしょうがないから、賭け事をして遊んでいるのだ。目の前に100万円を積んで自由に使っていいと言ったら彼らは戸惑うと思う。一番良い使い方などわからないのだから。

暇でしょうがない父と暇な小学生の私は仲がよかった。居酒屋では父は映画の話をした。私もいくらか映画を見始めたので感想を言う。あの監督はどうだった、あのシーンはなどと一丁前に話すと、父は目を細めて「エリコはちゃんといいものがわかるんだな」と言って笑顔になった。焼き鳥の煙にけぶる居酒屋で、私と父は世界中でふたりぼっちだった。お互い、この世界に所在がなく、有り余る時間を潰していた。私と父は似ているのだと思う。

父は激情型の人間で怒るとその感情を止められなくなる。私は中学生の時に学級崩壊を引き起こした。担任から「お前はクラスのみんなに嫌われている」と言われたのがきっかけだった。私は中学の時、蹴られたり、スカートをめくりあげられ、下着をみんなにみられたりするようないじめにあっていた。いじめにあっているのだから、みんなから嫌われているのは間違ってはいないと思うが、それを担任が私に告げるのは納得し難かった。私は担任からその言葉を告げられた時、大粒の涙を流して泣いた。クラスでヤンキーと言われている子ですら「担任、ひでえだろ！」と怒った。私は次の日から教師に反抗し、授業中に席に着かず、出歩くようになった。そして、毎日生徒指導室に呼ばれていた。

そのことは家族には言っていなかったが、家で母に向かって、

「私、担任から『クラスのみんなに嫌われている』って言われたんだよね」

と、つい、言ってしまった。

母は相当驚いたらしく、学校に電話をして確かめたのだが、その時に私の悪事がバレた。母がそれを父に言ったら、父は私の意見など聞かず烈火のごとく怒った。

耳にキンキン響く声で、

「先生に反抗していいと思っているのか！　何を考えていやがる！」

と次から次へと私に罵声を浴びせた。

父の暴言は止まらない。私は怯えて、

「ごめんなさい、ごめんなさい」

と小さく丸まりながら必死に謝った。目からはポタポタと涙が落ちる。父は私の声が耳に入っていないのか、怒鳴るのをやめてくれなくて、私はギュッと耳を塞いだ。そして大声を出した。

「あああああああああああーーー‼」

それでも父の暴言は止まらず、私を罵倒する声が耳をつんざく。

母が何度か静止したが、それでも父は止まらなくて、ぶっ壊れた機械仕掛けの人形みたいに

けたたましく怒鳴り続けた。1時間以上たって、疲れたのか父の罵声はやっと止んだ。父は私の味方でなく、学校の味方だったのだ。

私は高校生になっていた。高校の土曜日は学校が午前中でお終いになる。私は父と待ち合わせをしている上野まで電車で出かける。父と衝突することがあっても、私と父は仲がよかった。父は競馬新聞を脇に抱えて、待ち合わせ場所に現れた。父と山手線に乗って有楽町まで行くと、交通会館に寄って、映画の前売り券を安く買った。有楽町のマリオンに行く途中の銀座のちょっと高いパン屋さんで父がパンを買ってくれた。映画館に着くと、自由席で空いている席を探す。このころはまだ、シネコンというものがなくて、映画館は自由席と指定席に分かれていた。父が席に着くと、新聞を床に敷いて靴を脱いだので、私も真似て靴を脱いだ。場内が暗くなり、予告が始まる。私はパンを口に運び、ジュースを飲みながらスクリーンを眺めていた。何の映画を観るかは父がいつも決めていて、私は映画館に着くまで、なんの映画を観るのかわからなかった。しかし、父が選ぶ映画にハズレはほとんどなかった。たまにつまらないものもあったが、そういう時は「つまらない映画も観ておかないと、面白い映画を観た時にわからなくなるから、つまらない映画も大事なんだ」と大切なことのように言っていた。

父と映画を観ていた時は、まだ黒澤明が生きていた。だから、私は黒澤明の美しい映画を映画館で観ていた。『夢』という映画をスクリーンで観れたのは幸せだったと思う。私の10代は美しい映画作品と共にあった。

しかし、映画好きの父は私にトラウマも植え付けた。中学生の時に、『ゆきゆきて、神軍』という映画を観せられたのである。原一男監督の作品で、アナーキスト・奥崎健三が戦時中の犯罪について、元兵士たちを訪ね歩くというドキュメンタリーである。カメラが回る中、警察が出動したりして、とてもショッキングな内容だった。

原一男の思い出はもう一つある。高校生の時に、父が映画の前売りチケットを渡してきたのだ。そして、私に言った。「この映画は必ず観ろ。そして、一人で観るんだ」父が渡してきたのは原一男監督の『全身小説家』という映画のチケットだった。一人の作家に肉薄したドキュメンタリーは高校生の私には刺激が強すぎた。真実と虚構を全身に叩きつけられて、ふらふらした足取りで映画館を出たのを覚えている。私はいまだにあの映画をもう一度観る気にはならない。

映画が好きな人なら好きな映画監督というのがいる。そして、映画監督には暴力的な作品を撮る人もいる。大島渚もその一人だ。父は大島渚が好きで、高校生の私に『愛のコリーダ』を見せてきた。『愛のコリーダ』はいわゆる阿部定事件を元にした作品でセックスシーンも、陰茎を切り取るシーンも出てくる。作られた当時も問題作として、扱われていた。私の父はこんな映画を娘に観せるのだから頭が少しおかしいのかもしれない。性行為の映像を子供に観せることは虐待である。いわゆるＡＶなどのポルノではないが、私は虐待だと思っている。

父は見ておくべき映画を観せてくれるので、自分で学ばなくても自動的に覚えていった。ゴダールも、フェリーニも、エド・ウッドも、私は簡単な数式と同じくらいの感覚で覚えていった。たまに、面白い新人の映画監督が出ると父と一緒に喜んだ。高校生の時、私は随分父と仲が良かったと思う。普通の女子高生なら父親と外出なんてバカバカしくてやってられないだろう。私が父と外出していたのは、父が面白かったという点が大きい。映画以外にも父は音楽や文学にも詳しかったので、話していて飽きなかった。父と一緒に居酒屋に行けるのも楽しかったし、東京を歩けることも嬉しかった。

＊

父はロックが好きで、一番好きなのはローリング・ストーンズだ。父曰く「ビートルズよりロック」らしい。私は小学生の頃はＴＭネットワークなどの流行っている音楽を聞いていた。小学６年の時に、ブルーハーツをテレビで見て好きになったけど、色々な種類を聞いていたわけではない。情報源は主にテレビで、そこで有名になった人の音楽を聞くだけだった。

中学生の時、父がどこからか「エド・サリバン・ショー」というアメリカのバラエティー番組のビデオを大量に借りてきた。父は嬉しそうに毎晩ビデオデッキにビデオテープを差し込んで、私に見せ始めた。名前しか聞いたことがなかったビートルズの演奏をきちんと聞くのは初めてだったし、父が大好きなミック・ジャガーは男なのにフリルの付いたシャツを着ながら、叫んで歌っていて、ジミ・ヘンドリックスは歯でギターを弾いていた。それは、普段のテレビでは絶対に見られないものだった。日本で一番ヒットしている歌手よりも、彼らの演奏や歌声は優っていて、私は自分の知っている世界がいかに小さいのかを思い知った。私は毎晩、父と一緒に音楽を勉強した。60年代、70年代を生きた父の愛する音楽はロックンロールであり、サイケデリックであり、ファンクだった。

そして、「エド・サリバン・ショー」で私はものすごい女性を目にした。ジャニス・ジョプリンである。顔を歪め、髪を振り乱し、シャウトし続ける白人女性で、声は美しくなく、しゃがれていた。14歳の私はテレビに釘付けになり、頭から雷に打たれ、全身が痺れ、自分の中の価値観が崩れるくらいの衝撃を受けた。私は女性歌手というのは綺麗な声で美しく恋の歌を歌うものだと思っていたのに、ジャニスは生きるのは辛く苦しいということを必死に訴えていた。

私はジャニスを知った次の日に駅前のイトーヨーカドーの新星堂に行って彼女のCDを探した。どれを買えばいいのかさっぱりわからず、1時間くらい迷ったが、結局、たくさん入っているからという理由で映画のものをCDにした2枚組の「JANIS」というアルバムを買った。私は大人になった今でも辛い時にジャニスの歌を心の支えとして聞いているので、私は父に感謝しなければならないと思う。

父は邦楽ではRCサクセションが好きで、ライブのビデオをよく見ていた。小さい子供の頃は清志郎の良さがよくわからず、男なのに顔に派手なメイクをしていて、子供心に謎だった。けれど、しゃがれた声で歌う「スローバラード」という曲は好きで「悪い予感のかけらもないさ」と切なく歌うキヨシローの歌声にやられて自分でも好んで聞くようになった。父の本棚にはRCサクセションの本が並んでいて、それを時々こっそり読んでいた。内容はもう覚えていないが、父が興味を持つものに関心を示す子供だった。

父にはいくつか伝説がある。母が教えてくれたのだが、シーナ&ロケッツのライブの時に、父は興奮してステージに上がろうとして警備員にボコボコにされてメガネを壊されたことがあったし、母はデートでピンク・フロイドのライブに行ったことがあると言う。母は「変な音がグニャグニャ鳴っててよくわからなかった」と言った。私は伝説的ロックバンドを生で見た母を心底羨ましいと思ったが、その良さがわからないのが可哀想だった。興味や関心が合致しない者同士がなぜ恋に落ち、結婚をしたのだろうか。

私も高校生になって、能動的に音楽を聞くようになった。ツタヤができ始めた頃で、私は父と一緒に聞いた、古いロックをたくさん借りた。そのほかにもパンクやブルース、R&B、そういうのを聞いていた。イヤホンから流れる歪んだ鈍い音楽たちは私の悲しい心を癒してくれた。CDを聞きながらライナーノーツを読むのが楽しみで、私は古い時代に心を馳せていた。

私が高校生の頃は渋谷系が全盛期で、一応自分も渋谷系の音楽を聞いていたけれど、実は当時、そんなに好きになれなかった。北関東の女子高生にとって渋谷は海を隔てた場所のように遠いし、前向きでおしゃれな歌詞に共感ができなかったのだ。「プラダの靴が欲しい」なんて言う女の子なんてクソだと思うし、強い気持ちも、強い愛も私の世界には存在しない。私の感じる世界はビリー・ホリデイのような暴力と理不尽が飛び交う世界だった。だから、ブルースの方が好きだった。けれど、渋谷系の音楽は洗練されていたのがしっかりとわかっていたので、隠れキリシタンのような気持ちでこっそりとリピートして聞いていた。私も本当はキラキラと輝く渋谷の街で生きたかったし、自分も原宿あたりを風をきって歩きたかったのだと今では懐かしく思う。

私は自分でも音楽を聞き始めて父にも自分の知っている音楽を教えたくなって、レニー・クラヴィッツを聞かせたことがある。父はいたく気に入って、来日したら教えろと私に言った。インターネットがないあの頃、私は毎週「ぴあ」を見て来日情報を調べていた。レニー・クラヴィッツの来日を知った私は父にお金を渡され、駅ビルの中にある、ぴあのカウンターに並んでいた。取れたチケットはまさかの5列目で、自分も行きたかったけれど、受験だったので諦めた。

レニー・クラヴィッツは父のような年齢の人間が聞く音楽ではない。ライブ会場で父は浮いていたと思うのだが、父はそんなことは気に留めなかったようで、ライブから帰って来て、「あいつの髪の毛が、メドゥーサみたいにうねうねしてカッコよかったぞ！」と興奮気味に言っていた。レニー・クラヴィッツがライブの途中で怒ってしまい、マイクをステージに叩きつけたところなどを詳しく教えてくれた。それを嬉しそうに話す父を見て、本当にロックが好きなのだと思った。マイクを叩きつけるなんて、アイドルでは出来ない。反社会的な態度を取る彼らの姿に父は憧れを抱いていた。しかし、私の目から見たら、家庭を顧みずに遊び呆ける父も十分ロックだ。

ある日、父がローリング・ストーンズの来日公演のチケットを2枚くれた。びっくりしたが、受け取った。1枚、1万円くらいするプラチナチケットである。私は一緒に行ってくれる友人が思い浮かばず、ちょっとだけ所属していた、演劇部の先輩がストーンズを好きだと言っていたのを思い出して誘った。高校生なんかじゃ行けないような高いコンサートのチケットを父は簡単にくれた。

会場は東京ドームだった。とてつもなく広くて、年を取っても客席を満席にできることに驚きを隠せない。客席は若い人よりもサラリーマンが多かった。考えてみれば、こんな高いチケットを10代の子が手に入れられるわけがない。圧倒的なパフォーマンスと歌唱力、ミック・ジャガーの声はまだまだ衰えていなかった。代表曲のサティスファクションも、大好きなブラウン・シュガーも聞けて、私は大満足だった。私はいくつになってもこの日のことを思い出すと思う。そして、人に、「ローリング・ストーンズを生で見たことがある」とずっと自慢し続けるだろう。

私は父から高い教育を受けたと思う。映画にしても音楽にしても一流のものを見たり聞いたりした。でも、それらを見たり聞いたりする度に私はクラスメイトたちから遠いところにいる自分を感じた。同じようなものを見て、感動してくれる友人が周りにいないのだ。一流のものを知った私は深い孤独に苛まれていて、どんどん自分の趣味に没頭していった。私は最近、流行の音楽だけしか聞かない人生も良いのではないかと思う。安室奈美恵がちっともいいと思えなかった私は、とても孤独だったのだ。ルーズソックスを履いても、エルベシャプリエのバッグを持っても、私は街中の女子高生に擬態できないでいた。私に足りないのは、カラオケに行って安室奈美恵やｔｒｆを歌う友達や、アルバローザやミージェーンのショップバッグを持って歩くメンタルだったと思う。

＊

小学生の時、家族で旅行に行ったことがあるのだが、その時、私と父は先に家を出ていた。後で母と合流する予定だったのだけれど、父とレストランに入っているときに、私は服にソースをこぼしてしまった。仕方ないので、替えの洋服を買おうということになり、父はデパートの子供服売り場に行って、1万円もするワンピースをひょいっと買った。私は値段に驚いたが、断るのもなんだかおかしいと思ってそのまま買ったワンピースを着て、母と合流した。母はワンピースの値段を聞いて激怒した。いつまでもブツブツと母はワンピースについて文句を言っていて、旅行が終わった後もしばらく言っていた。家族の中で一番使えるお金が多い父は金遣いが荒かった。私は父がお金を稼いでいるからといって家族の中で一番偉いとは思わない。家族とは一緒に暮らす運命共同体なので、全てのものを平等に分け与えなければならないと思う。しかし、近代の家族制度は家庭の中に支配というものを産んだ。お金を稼いでいる父は一番贅沢ができて、他の家族はひもじい思いをしなければならない。父は自分のためなら10万円するマッサージ機も買うし、30万円するパソコンだって買ってしまう。そして、それに反対する権力が母にはない。

私は習い事を一つしかしたことがない。お金がなかったので、うちの親は習い事を一切させてくれなかった。私は字が上手くないと将来苦労すると思ったので、字が上手くなりたくて、お習字に行きたいと母に言ったが断られた。仕方なく私は近所の子たちがお習字に行くときについて行って、習字教室の隅っこでお手本を見ながら練習していた。教室にいさせてはくれたけど、月謝を払っていないので、赤でなおしてもらえず、私は自分の字のどこがおかしいのかはわからずじまいだった。私はお金を払っていないのにいさせてもらうことを恥ずかしいと感じていたけれど、お金を出して欲しいとは母に言えなかった。小さい私はとても親に気を使って生きていた。

私が唯一行った習い事は絵画教室だけだった。知り合いの子が公民館で習っているのを知って、母に何度もお願いした。許してもらって通った絵画教室の月謝は３０００円かそこらだったと思う。私の要望を聞き入れてもらえたのは後にも先にもこの時だけだった気がする。

私は小学生の時、洋服を3着しか持っていなかったので、洗濯が間に合わないことがよくあった。母は考えた末、

「今日と同じ服を明日着て行きなさい。今は冬だから汗もかいてないし、汚くないわよ」

と言った。

私は嫌だなと思ったが、仕方ないので、次の日も同じ服を着ていったら、私はバイキン扱いされて、クラスメイトは私の姿を見ると笑いながら逃げていった。一緒にお習字に行っている子たちも、私を見ると逃げた。私はそれきり、無償の習字教室には行かなくなった。私の字は

大人になっても汚いままで、履歴書を書くときがとても辛かった。字が上手くないと将来苦労すると思った私は正しかったと思う。私は学生の時、バイトに随分落ちた。連続で10個以上落ちたこともあり、私は仕事を得ることに対して、とても臆病になっていった。パソコンもなく、履歴書が手書きだった時代、修正液を使うのもいけないとされていた。証明写真だって、補正もできないし、フォトショップもない。私のように、顔も字も汚く、学歴もない人間が真っ当な職を得ることはとても難しい。

私が子供の頃に、唯一褒められたのは絵だった。絵ではいつも賞状をもらい、県や市の展覧会にもよく選ばれていた。自分にとても自信がない子供だったので、賞を取るということはとても誇らしく、絵を描くことに気合が入った。絵を描いているうちに、それを仕事にしたいと思うようになったのは自然なことだった。私はおこづかいを持って、駅前のショッピングセンターの小さな画材屋さんで、絵の道具を揃えた。私は当たり前のように大学は美大に行くと思っていて、高校に入ったら美大の予備校であるアトリエに通うつもりでいた。一人で、説明を聞きに行き、父と母に行きたい旨を伝えた。最初、父は「エリコは絵が得意だからいいんじゃないか」と好意的だったが、パンフレットの学費の欄をみたら、怒り狂った。

「こんなところに通わせられるか！　金なんか出さないぞ！」

と怒鳴った。

私は涙をポロポロ流しながら、父を睨んだ。私が人生で一番譲りたくないものは絵だった。頭ごなしに反対する父を恨めども、子供である私には何もできない。私は徐々に生きる気力を無くしていった。人生の目標を否定された私は、深く絶望し、眠ることができなくなり、死ぬことばかり考えるようになった。

ついに、一睡もできなくなった私はこのままでは死んでしまうと直感し、母に精神科に行きたいと頼んだ。最初反対されたが、何度か頼み込むうちに、連れていってもらえた。私は若い健康な肉体に精神薬を投与するのは不本意だったが、それしか生きる道がなかった。薬を飲んで、強制的に精神を持ち上げ、眠りにつく。死んでしまった方が楽だとこの頃は何度も思っていた。

私は幼い頃から美大に行くことしか考えていなかったので、進路の反対は堪えた。絵を描いては父に見せて、父がその絵を褒めたら、「美大に行かせてくれ」と懇願したりしたし、アトリエのお金を捻出するために売春しようとまで考えていた。もちろん母にもアトリエに通いたいと言ったが、母は「お父さんが良いって言ったら」と父に決断を任せていた。

思えば、私は絵を描くことを家族から歓迎されていなかった。小学生の頃、あんなにたくさん賞を取った絵を家族は一枚だって飾ってくれなかったし、賞状も、なぜか絵画のものは飾ってくれなくて、化学の自由研究の賞状しか飾ってくれなかった。私の家族は絵なんてどうでもよかったのだ。

父は子供を決して褒めなくて、私が学校でいい成績をとっても褒めてくれなかった。理由は「一番以外は意味がない」からだった。テストや成績表を見ても、一番じゃないという理由で褒めなかった父が許せなかった。逆に、どの分野でも一番なら褒めてやるといって、一番になったら10万円やると言っていた。私は高校生の時、新教研で一番を取るために、国語の選択で、現代文を選択した。古文だとどうしても一番は取れないからだ。その結果、私の国語の成績は学年でトップになった。全国では数千番であったが、学年で一番の方が大事だった。父に成績表を見せると、褒めるというより、悔しがっていた。私は父に10万円を要求したが、それは無理だと言って1万円しかくれなかった。私はお金が欲しかったというより、私のいう通りに10万円を渡す父が見たかったのだ。私は父より力を持ちたかった。

父は子供の将来のためということを全く考えていなかったので、子供の教育にお金を使わなかった。母は使いたかったのかもしれないが、お金を持っていなかった。塾も通い出したのは中学生からだったし、高校の時はアトリエを反対されて、どこにも学びにいけなかった。私は習いたいことを親に拒絶されるようになってから、やりたいことをやりたいと言い出せない人間に育っていった。だから、私は資格を一個も持っていない。資格を取るのにはお金がかかるので、試験を受けたいなどと言えなかったからだ。進学した底辺の短大でも、中学校の教員免許や学芸員の資格が取れた。けれど、私は取りたいなどと親にいうことができず、何も資格を取らず卒業した。

父が私にお金を使うのを嫌がったエピソードとして、私の成人式に、振袖を着て写真を撮ったらと母が勧めてきた時、私が「高いからやめたほうがいい」と断ったら、それを聞いた父が「せっかくなんだから撮れば良いじゃないか」と言った。しかし、着物のレンタル料が20万くらいかかると言ったら「撮らなくて良い!」と怒鳴ったことがある。一生に一度の子供の晴れ姿ならどんな親でも見たいと思うのが一般的だと思うのだが、父は違っていたようだ。自分の遊ぶ金がなくなるくらいなら、子供なんてどうでも良いのだ。その父の「子供はどうでも良い」という感覚は私の方にも跳ね返ってきていて、私は自分という存在が心底どうでもいいとよく感じる。自分を愛することもできないし、自分を大切に労わる感覚がわからない。美味しいものを食べたり、高いものを買ったりすることが悪いことのように思う。それは大人になった今でも続いている。私は父の支配から未だに逃れていない。

毎晩タクシーで帰り、毎日飲み歩き、良いものを食べ、博打をし、突然高い買い物をする父だったが、子供にはお金を使いたがらなかった。けれど、小さなおこづかいはよくくれた。それは、子供を手なずけるためだったのだろう。

私は親のせいで自分の人生がダメになったと感じることが良くある。私は父からお金という愛情を受けることができなかった。父は子供のように、自分の遊ぶお金がなくなるのに怯えて、子供にお金をわけなかった。教育にお金をかけてもらえなかった私には学歴もなく、資格もない。今から学べば良いという人もいるかと思うが、ただのパートとして生活している私には、学費の捻出なんて不可能だし、そもそも、若い時に持っていた情熱が失せてしまった。

*

短大1年の時、父が叔母と同居したいと言い出した。叔母はずっと祖母と暮らしていたのだが、1年前に祖母が亡くなってしまったので、一人暮らしになってしまったのだ。

父と母と叔母の同居の話し合いに随分と時間がかかったが、父と母は長年家族で住んだ団地を出ていった。兄はすでに働き始めて一人暮らしを始めていた。私は家族がいなくなった団地で一人暮らしをすることになった。母は毎月、生活費として数万円を渡してくれた。私はバイトを始め、母からの仕送りとバイトで生計を立てるようになる。とはいっても、家賃や光熱費の支払いは母がしてくれていた。

私は家族が出ていった日、大掃除をした。冷蔵庫に母が残していった、お惣菜や漬物を全て捨て、マットやカーペットを外して、掃除機をガーガーかけた。この俗悪な家庭の汚物を全て捨ててやるという思いだった。私は家族が大嫌いで、家族をとても憎んでいた。思い通りにならない進路、思い通りに与えられない言葉。私が精神を病んだのは家族の影響が大きい。父がいない生活はとても静かで、なんのトラブルもなく、凪のような日々が過ぎた。父がいた頃は毎日が不安定で、父の顔色ひとつで、その日の風向きが決まった。もう、競馬新聞を買いに行くこともしなくていい、酒を買いに行くこともない。休日に競輪場に行くこともないし、マニアックな映画を観ることもない。私はこの時期に、やっと自分を取り戻したのだと思う。

私は短大に通学して、夕方から他大の美術サークルに入って作品を作る生活を送った。バイトも始めて、数は少ないが短大で友達もできた。私は友達とライブハウスに行ったり、クラブに行ったりした。始めたばかりの夜遊びは刺激的で楽しかった。クラブエイジア、リキッドルーム、週末は夜明けまで遊んだ。派手な格好をして、友達とクラブで踊り明かして見た渋谷の夜明けは、地元の茨城の夜明けよりも美しかった。

しかし、東京は物騒だ。私は新宿のリキッドルームに行った時に、財布を盗まれてしまって、帰れなくなった。友達も貸すお金がないという。そして、バイトの時間があるからと私を置いて帰ってしまった。私のＰＨＳだけは無事だったので、父に電話をした。なぜ、母にしなかったのかわからない。父は私の話を聞いて、１時間以上かけて新宿まで来てくれた。いつものようによれっとした服装の父は、財布を盗まれた私を怒るでもなく、私に１万円を渡してくれた。

「ションベン横丁に飲みに行くか」

父はそう言って、思い出横丁に向かった。父は思い出横丁のことを「ションベン横丁」と言う。

「ここの店は、テーブルの上をゴキブリが走るぞ」

そう言って店内に入り、ビールを頼む。朝の9時の新宿。父と久しぶりに会って酒を飲んだ。私は情けないなあ、と思いながら、ここまで迎えに来てくれるのはやはり父だからなのだなと思った。でも、もう一度、一緒に暮らすのは勘弁だなと思った。父とはたまに会うくらいがちょうどいい。

この世の不幸は家族になったことから始まると言ったのは、芥川龍之介だった。私もそれは間違っていないと思う。私は父とションベン横丁で飲んでから数年後に絶縁することになる。

30歳になった時、生活保護を受けることになった。生活保護を受け始めて、わりかし早くに絶望し、自殺することにした。薬局で大量のカフェインの錠剤を買って一気に飲み込んだ。しかし、いつだって私は死ねない。身体をのたうち回らせて、救急車で運ばれる。人工透析を何回も受けて私は生き返った。ベッドで寝ていると父と母がお見舞いにきた。父はなぜか自分で作った焼き林檎を持ってきていて、私に食べろと言った。私は点滴だけで栄養を取っている状態なのに、そんなものが食べられる状態ではない。けれど、怒りも呆れる気持ちも起こらず、私は涙をポロポロこぼしながら申し訳ないと父と母に謝った。

そういう姿を見ると父も私のことを娘として愛してくれているのかと錯覚してしまうのだが、退院して、母のいる実家に戻った時にやってきた父と言い争いになった。父は私に向かって「誰のおかげで生活保護が受けられると思ってるんだ。俺がサインしてやったからだぞ！」と言い放った。多分、一生忘れないと思う。父の得意技は「～してやったからだ」だった。子供の頃から何回も言われたのは「誰のおかげで飯が食えてるんだ！」だった。私は頭に血が上ってうまく回らない口で「お父さんとは絶縁する！」と叫んだ。

それから10年、ずっと父と会っていない。父と母は離婚してしまって、私たち家族はバラバラになった。

父は私が本を出版したことも知らない。父は私が文章を書いて、ミニコミとして売っていた時、最初反対したが、売れてくると応援してくれるようになった。「ブログっていうのが流行っているらしいぞ。やってみたらどうだ」と言ってくれたのは父だった。私が文章を書いていることを父はどういう目でみているのかわからないのだが、父の古いアルバムに小さな新聞の切り抜きが挟まっていたことがあり、母が「それはお父さんが投稿した映画の感想文だよ」と教えてくれた。父が文章を書いていたと私は知らなかった。

父はとても嫌な父親だったが、本来の父親の役割とはそういうものだ。子供に疎まれることで、子供を家庭から追い出す。だから、父がろくでなしで、子供に対して残酷なのも、多分、間違っていないのだ。私は父を恨むことで、家庭から早く脱出したい気持ちになったし、生活保護を受けてもなお、働いて見返してやりたいという気持ちになったのだ。

しかし、正常な家族なら、一度は父を恨んでも、また、和解するものだと思う。しかし、私と父は連絡先も携帯番号も知らないままだ。父はもう65歳を過ぎた頃だと思う。父は今、何を考えて生きているのだろう。まだ、映画館に足を運んでいるのだろうか、まだ、ロックを聞いているのだろうか、まだ、競輪場に行っているのだろうか。たくさんの疑問符が頭をよぎる。もしかしたら、私は父に会いたいのかも知れない。短大生の時に、朝の9時に新宿の思い出横丁で話した時の話の続きはまだ終わっていない。私たちはまたねと言って手を振ったのだ。

こうして、父に会いたいという気持ちが芽生えたことは私にとって発見である。しかし、もう、父には会わなくてもいいのではないかと思う。会ったらまた憎んでしまうかも知れないからだ。だから、会いたいという気持ちだけを大事にして生きていきたい。

カンパネルラのように 5

私と同じ名前の女の子

私の短大時代の友人にえりこちゃんという子がいる。偶然にも同じ名前であった。えりこちゃんは一つ下で、一緒の授業を取っていたのが縁だ。私たちが取っていたのは、漫画の授業で、先生はかなり変わった人だった。テレビ局で働いていたのに、マスメディアの授業をするのでなく、漫画をやるのはちょっとおかしい。授業では「ガロ」なんかのマニアックな漫画の講義が多く、授業についてこられる人が限られていた。その中に、えりこちゃんはいた。

えりこちゃんはめちゃくちゃ美人で、顔が小さく、目はパッチリとして鼻筋がすっと通っている。そして、体は信じられないくらい細い。なんというか、非の打ち所がないのだ。けれど、根本敬の漫画を持っているくらいにはサブカルだった。漫画の授業が終わったあと、先生とえりこちゃんの友人を交えて、高田馬場のカレー屋さんによく行っていた。自分が好きな漫画の話と、先生が話す雑談は私の心を和ませた。

えりこちゃんには高校時代から付き合っている彼氏がいた。自分から告白してオーケーをもらったという馴れ初めを聞いて、やっぱり美人は違うなと思った。たぶん、えりこちゃんから告白されて断る男はいない。えりこちゃんを見ていると、幸せになるしかない人なのだと感じる。かっこいい旦那さんと巡り会い、良い仕事も得ることができ、なんの不自由もなく暮らしていけるだろう。そして、えりこちゃんは性格がよかった。それは、美人であることから生まれたものなのだと思う。卑屈なところや嫌味なところがない。私とえりこちゃんは個人的に遊びに行ったりする仲ではなかったが、一度だけ一緒に遊んだことがある。その時に一緒にプリクラを撮った。えりこちゃんと並ぶと悲しくなるくらい私はブスだった。

私は短大を卒業した後、ブラックな編プロに入社し、精神を病み、自殺未遂して精神病院に入院した。私の転落の人生の始まりだった。私は実家に戻り、治療に専念するものの、仕事もできないでいて、毎日暇だった。孤独の病魔に侵された私は、人が恋しくてたまらず、短大時代の友人に電話をかけたりしていたのだが、しつこくかけすぎて、相手から嫌がられたりしていた。えりこちゃんに電話をかけると一緒におしゃべりをしてくれた。私は働いているえりこちゃんに頻繁にかけるのはよくないと理解しつつも、どうしようもない寂しさから電話をかけまくっていた。ある日、えりこちゃんからこう言われた。

「今度、結婚することになったよ」

突然の報告だった。私はびっくりしながらも嬉しくて、こう言った。

「え！　すごいじゃん、私も結婚式行っていい？　えりこちゃんのウェディングドレスが見たい」

するとえりこちゃんはこう答えてくれた。

「ありがとう！　ぜひ来てー！」

しかし、結婚式の前に私とえりこちゃんの仲は決裂した。私は仕事に就けないストレスと死ぬまで母と実家で暮らすのだ、という絶望から、昼間から酒をあおり、母に暴力を振るった。その時にえりこちゃんに電話をした。

それを聞いたえりこちゃんは、

「エリコ先輩は病気に逃げてるんだよ。仕事した方がいいよ」

と忠告した。

しかし私は腹を立てた。

「そうやって言うけど、私はコンビニのバイトだって続いたためしがないんだよ。私はもう働けないんだよ。そんなこと言うの酷い！」

私はそのまま電話を切り、えりこちゃんの連絡先を削除した。あの頃の私は本当に酷かったと思う。孤独と病気がそうさせたのかもしれないが、私は周囲にとって困った人だった。

それから10年以上の時間が過ぎた。私の人生はますます低迷の一途を辿った。自殺未遂を繰り返し、入退院を繰り返し、生活保護を受けるようになった。私はネットでブログを開設して、日々のことを細々と書き記していた。最近読んだ本のこと、イベントに参加したこと、そんなことを書いていた。

それからしばらくのち、私は仕事ができるようになった。ブログを書いたり、フリーペーパーやミニコミを出したりして、発信することは続けていた。そして、まめにブログを更新していた時、えりこちゃんのことをふと思い出した。私はブログのタイトルに「私と同じ名前の女の子」とつけ、えりこちゃんの思い出を綴った。とても美人であること、そして、性格が素直であること、思いつくままを書き、アップした。すると、コメントがついた。それは紛れもなく短大時代の友人である本物のえりこちゃんだった。私は動揺した。まさか、本人が読んでいるとは思わなかったのである。

その後、お互いの連絡先を交換して、会うことになった。えりこちゃんは遠い私の家まで来てくれた。えりこちゃんはずっと私のことが気になっていたらしく、ネットで私の名前を検索して、ブログにたどり着いたのだと教えてくれた。そして、自分のことが書かれた時、もっと酷い書かれ方をすると思っていたが、そうではなかったので、連絡を取ることにしたと言った。コメントをするのはとても勇気がいったそうだ。えりこちゃんは私に嫌われているとずっと思っていたそうだ。

えりこちゃんは10年以上経っても美人だった。そして、美人のえりこちゃんは波乱万丈な人生を送っていて、美人だから苦労しなくて済む、と考えていた自分を恥じた。離婚を経験し、二人の子供を育て、えりこちゃんは人生の荒波をかいくぐって生きていた。

「今度、エリコ先輩に私の子供に会って欲しい」

と言われて、会うことにした。しかし、少し不安があった。私は子供が苦手なのだ。子供に懐かれた経験がなく、どちらかという子供に嫌われるタイプなのだ。

日曜日、えりこちゃんの住んでいる最寄り駅まで行く。まだ幼稚園の娘ちゃんと息子くんは明るい笑い声をあげながら私に近づいて来た。恐る恐る話しかけ、手を握る。小さな手はツヤツヤで柔らかく、まだ人生を知らない手だった。一緒にマクドナルドに入り、子供たちに話しかける。プリキュアや仮面ライダーの話をすると子供たちは大いに喜んだ。そして、えりこちゃんが呼ぶように、私のことを「エリコ先輩」と呼んだ。子供たちに一気に好かれてしまい、私は動揺するとともに、自分の中の氷が溶けて行くのを感じた。子供たちは私に対して、なんの壁も持っていない。私が障害者であるとか、うつ病であるとか、歳をとっているとか、結婚をしていないとか、そういうことは関係なく、ただの私を見ていてくれた。息子くんに銃で撃たれて、死ぬふりをすると、息子くんは声をあげて喜ぶ。娘ちゃんと一緒におままごとをして、笑顔で娘ちゃんのご飯を食べる真似をすると、娘ちゃんは満足そうに笑う。私はこんなに素直な子供たちを産んでくれたえりこちゃんをとても尊敬する。私は子供を神に近い存在だと思っている。生きて来た年数が少ないということはこの世での穢れをあまり受けていないのだ。それだけに、彼、彼女の発言や行動は純粋であり、心動かされるものがある。お菓子を食べたいと駄々をこね、ご飯は食べたくないというその言葉ですら、私は感動してしまう。素直に自分の欲求を伝えることができるのはなんと素晴らしいことだろうか。私は自分の欲望が見えないことが多い。自分が何を欲しいのか、何を食べたいのか、そういうことがわからないのだ。わがままを言い、嫌なことに対して不機嫌になる子供と一緒にいると、私にもそれを少し分けてくださいとお願いしたくなる。自分の心が見えなくなっている私に、少しその神様の目を与えて欲しい。

私は子供を作らなかった。子供が欲しかったのかと問われると、正直、欲しかったことはあまりない。私は自分の子供時代が不幸だったので、なんとなく、子供を持つことに対して自信がない。けれど、えりこちゃんの子供と遊んでいると、子供がいてもよかったのではと思う。しかし、この歳まで一人で来てしまったことを考えると私には縁がなかったのだろう。私は自分の子供の代わりにえりこちゃんの子供を可愛がって生きていきたい。子供であっても、困難や辛いことはたくさん出てくる。そういう時に、相談ができる大人として、側にいたいと思うのだ。親でもなく、学校の先生でもない、信頼できる第三者の大人。私は子供たちがもうちょっと大人になって、家に帰りたくない日が来た時に私の家に泊まりに来て欲しいと願っている。独身のちょっと変わったおばさんとして、親しくしてもらえたら、こんな光栄なことはない。

この日々が長く続くことを

金曜日が楽しみだ。週末は仕事が終わったら映画館に行くと決めている。お昼の休憩の時に、スマホをいじりながら見たい映画の時間を調べる。午後の仕事は単調なものを任せられた。何千もの印刷物を印刷して、吐き出されるチラシをまとめて机の上に並べる。頼まれた印刷を終えると、もう、定時近くなっていて、私は帰る準備をする。お疲れ様でしたを言って、ドアを開ける。映画の時間まで間があるので、駅前の立ち飲み屋に向かう。カウンターにはサラリーマンが三人と、カップルが二人。私は一人でホッピーとモツ煮を頼む。グラスにホッピーを注ぎ、勢いよく喉に流し込む。炭酸が喉を通り、気持ちがいい。一息ついて、スマホをいじりモツ煮とホッピーの写真を撮り、「1週間お疲れ様でした！」と添えてツイートする。すぐに何個かファボがつく。1週間仕事に精を出す、というのは当たり前のことなのだろう。けれど、この当たり前が私にはずっと手に入らなかった。引きこもりだった20代、生活保護を受けていた30代、まるではるか昔のように感じる。

最近は老後のことを考えるようになった。私はずっと年金を払っていなかったけれど、最近、年金を納めるようになった。未来のことを考えるというのは、この先も自分が生きていると信じることなのだと思う。私の目の前から、「死」が少しずつ消えようとしている。

最近は欲しいものが増えてきた。デパートで綺麗なワンピースが目に入って、着てみたいと思って、勇気を出して試着したら、自分がまるでお姫様のように素敵に見えた。ピンクの地に紫の花があしらわれていて、胸元は少し大きめに開いていた。値段を見たら2万円近くしたが、思い切ってカードで買ってしまった。高いものを買ってしまった高揚感と、鏡に映った素敵な自分がこれから先も見られると思うと楽しくなって、ショッピングバッグを手にしながら渋谷の街を後にした。私はこんな感覚をずっと知らなかった。一年に一回くらいはこんな買い物を続けられますようにとスクランブル交差点を渡りながらお願いした。

ここのところ、友達によく会うようになった。一緒に飲みにいったり、子供がいる短大時代の友達の家に遊びにいったりしている。子供たちと遊んでいると、自分にも子供がいたら楽しかったのかなと思う。年齢的に産むのは無理だけれど、そんなことを考えるようになった。ベッドの上で子供たちに絵本を読んでやると、二人とも静かに耳をそば立てる。私は朗読が好きだ。小学生の時に、朗読がうまいと褒められて、全校生徒の前で朗読をしたこともあるし、お昼休みの時間に放送室から本を朗読するようにお願いされたこともある。時を経て、今は友達の子供が私の朗読を聞いている。私はゆっくりと感情を込めて本を読む。おばあちゃんはしゃがれた声で、子供は無邪気に、悪者の時は声を低くして。今、ゆっくりと自分の人生が収斂しているのを感じる。私はきっと、子供たちに本を読むために、朗読の力を与えられたのだ。いつの間にか眠ってしまった子供たちをベッドに残し、私は子供部屋を出る。そうすると短大時代の友人が洗濯物をたたんでいる。そして、大人の話をする。結婚のこと、生活のこと、過去の恋愛のこと。心置き無く話せる相手がいるというのは人生において宝だ。思えば、病気が酷かった頃は、友達とどんどん縁が切れていて、話し相手は母しかいなかった。もう、昔の友達とは永遠に会えない気がしていたのだけれど、またこうして話ができるのがとても嬉しい。

思い起こしてみると、私は10代の頃からずっと死にたくて仕方がなくて、未来のことを一切考えられなかった。当時の目標は30歳までに何者にもなれなかったら自殺することだった。女子高生という人生で一番華やかな時代に、私は自殺の仕方が書かれた本を読み、暗い顔をしてうつむいていた。頭の中にはいつも死の影がよぎり、学校では机に突っ伏しながら、誰にも見つからないように涙を流していた。進路を親に反対されて、夢だった美大への進学を諦めた私には輝くべき未来が見当たらなかったのだ。私の幼い頃の夢は好きな絵をなんとかして長く描き続けることだったが、お金がないという至極現実的な問題によって夢は破れた。私は美術とは全く関係のない短大に進みながら、他大のサークルの部室で絵を描き続けた。長年使われたイーゼルに真っ白なキャンバスを置き、黙々と筆を運んだ。使う色は赤や黒ばかりで爽やかさが1ミリもなかったし、絵を体系だって学んでいない私の絵はどこかトンチンカンで、きっちりとしたまとまりがなかった。ただ、厚く塗られた絵具が暗い情熱を醸し出していた。

私は美大に行けなかったコンプレックスと、お金がないことの悔しさがいつも胸にあった。そして、短大を卒業した後のことが怖くてしょうがなかった。美大を出ていない私には、絵の仕事に就くことができない。じゃあ、私は何者になればいいのだろう。短大では国語を学んでいたが、やりたいことは美術というアンビバレントな自分の状況。人生に思い悩みながら、心を許せる人があまりいない孤独の日々を送っていたが、サークルで仲の良い人ができた。私はその人と何回か飲みに行ったり、一緒に新宿の世界堂に画材を買いに行ったりした。私は自然とその人のことが好きになっていた。居酒屋でお酒を飲んだ後に、高田馬場の公園に行き、二人で椅子に腰掛けた。その人は私の手をそっと握った。こんな時、女の子なら手を握り返し、甘い言葉をささやくのかも知れない。けれど、私の口から出た言葉は「死にたい」だった。今思うと最低だと思う。自分の中のヘドロのような感情を好きな人にぶつけるのは人として褒められる行為ではない。けれど、私より年上のその人は私の涙を拭って、「自分の寿命を自分で決めるのは良くないよ」と優しく諭してくれた。私はただただ泣いていた。思えば、人の前で、あんなにも感情を晒したのは初めてだったと思う。私は彼のことがとても好きだったけれど、その人は彼女を作って私の前から去って行った。私があの失恋から学んだことは、私が好きな人と両思いになることなど、この先にあり得ないという歪んだ確信だった。

それからの私は告白をされれば、好きではない人でも付き合った。告白をしてくる男性たちは私の体が目当てだったらしく、私の気持ちや私が大切にしているものはどうでも良かったみたいだった。ひどい言葉を吐かれたり、いろんなものを搾取されていたけれど、別れる勇気が出なかったのは、私に去来するどうしようもない寂しさゆえだった。一人のアパートに戻るくらいなら、暴力的な人でも良いと思っていたのだ。私はその考えが間違っていることに長い間気づけなかった。思えば、ずっと私は自分を大事にできていなかったと思う。社員を全く大事にしない会社で働き続けるのも、自分を大事にしてくれない人と付き合うのも、自傷行為と言えるかも知れない。私は自分を大事にするのは人として傲慢だと思っていたけれど、それは全く違うのだと今はわかる。自分を大切にしてくれる人と過ごし、美味しいものを食べたり、綺麗な洋服を着て自分を癒すのは良いことだ。私が毎日楽しく、幸せでいることがなぜ悪いのか。私だって幸せになって良いはずだし、明るい未来を夢見てもいいじゃないか。今の私は、学校でいじめに遭っていないし、友達だってたくさんいる。恋人はいないけれど、一人じゃない。今の私は、昔の私とは違う。昔の苦労はもう手放していいのだ。

職場からの帰り道、スーパーに立ち寄る。今年の冬は野菜が豊作で、大根もキャベツも随分安い。私は立派な大根をカゴに入れた後、何と一緒に煮たら美味しいかと考える。肉の売り場で鶏モモ肉を手にする。私は昔、ずっと鶏むね肉しか買えないでいた。自分の生活にゆとりができたことが素直に嬉しい。ヨーグルトや果物をカゴに入れ、レジでお金を払い、スーパーを後にする。レジ袋をぶら下げながら家路を辿っていると、自分は今、生きていると感じる。毎日、仕事に行き、日々の食料を買い、家ではテレビを見て、読書をする。通帳の残高を見て、これからの将来を予見する。私は毎日を慎ましく、堅実に生きている。この日々が長く続くようにと祈る。

私は今、自分の力で未来を選択できる。働くことは私に勇気と力を与えてくれた。来年はどこに旅行に行こうかと考える。次はどんな素敵な出会いがあるのだろうと夢想する。未来を考えることができる私は、とても強い。

私の銀河鉄道の夜

私は小さな頃から自分が嫌いだった。それは、学校でいじめられていたことが原因だったと思う。バカにされたり、のけ者にされたりしながら学校に通い続けていた。まだ、その頃には登校拒否なんてものがなくて、学校は絶対に行かなければならないものだった。私は重い足をズルズル引きずりながら、学校へ行き、授業を受けるのが苦しくなると保健室に逃げ込んだ。クラスでバイ菌扱いされ、私と机をくっつけるのをクラスメイトは嫌がったし、グループ分けの時には、どこのグループにも入れてもらえなくて、余ってしまい、担任から「あなたがいると本当に困る」とため息をつかれた。私は自分がクラスメイトから嫌われているせいで、担任の先生を困らせていることが悲しかった。

中学生になると、いじめは激しくなり、リーダー格のバスケ部の女子は、私の両足首を握り、股間を足でガンガン蹴りつけた。私が泣いてもクラスメイトたちは止めることはせず、黙って見ているだけだったし、机を蹴っ飛ばされて、中に入っていた教科書やノートが散乱しても誰も私を助けてはくれず、私はますます他人が信じられなくなった。私は世界に対して完全に閉じていた。誰も寄せ付けず、誰も信じない。私の中に侵入できたのは、漫画だったり、本だったり、アニメーションだったりした。私は虚構の世界を取り込むことでやっと息をしていた。私がそれらを受け入れたのは、この中に私の知りたいことがあると確信していたからだ。私が欲していたのは「ほんとうの幸せ」だった。

高校生になると、家にいたくなくて、日が暮れてから夜の街をほっつき歩いた。高台に登ると広めの公園があり、子供たちはみんな家に帰ってしまって、ジャングルジムやブランコなどが寂しそうに佇んでいた。目の前にあるジャングルジムによじ登ると、ペンキの剥がれた鉄棒は血とよく似た匂いがした。てっぺんまで登って腰を下ろすと、眼下に私の街が見える。団地の塊、商店街、学校。私の住んでいる街はこんなにも小さいのかとため息をつく。団地の窓の明かりはチラチラと宝石のように輝いていて、あの中で人が人を殴ったり、怒鳴りあっているのが信じられなかった。遠くから見ていれば美しいのに、家族というのは近くで見るとおぞましいものになるのだ。私は自分の家族を思い出していた。酒を飲んで暴れる父、怒鳴り合う両親。なんで結婚したのか、なんで家族になったのかわからない。しかし、私の家族もまた、あの団地の窓の明かりと同じ光を放っているのだ。

私が育った街はあまりお行儀が良くなくて、夕方になるとどこからか暴走族が『ゴッドファーザー』のテーマを流しながら道路を走り抜けるし、花火大会の後には、南国の鳥のように華やかな特攻服を着た人たちがたくさん集まる。その紫の布地の服には「喧嘩上等」の文字が金の糸で刺繍されていた。この街では悪くなることがカッコいいとされていて、悪くなった人たちは人を殴ったり、物を盗んだりして生きていた。私はそういう人たちの中で暮らしていた。クラスメイトの女の子と一緒にスーパーに行った時、その子は陳列されているいちごポッキーをスカートのポケットにサッと入れた。私はそれを見てとても悲しかった。

それでも私はこの街でよく生きたいと考えていた。私は図書館に通いつめ、たくさんの本を読んだ。哲学の本、宗教の本、日本文学、外国文学、児童書、絵本。本は私にいろいろなことを教えてくれて、無駄だった本は一冊もない。読書のなかで出会ったのが宮沢賢治で、私が一番好きな作家だ。私は彼の唱える犠牲的精神に憧れた。彼の作品に出てくる人々や動物たちはとても無垢で、他人の幸せを願うことを当たり前のこととしている。「グスコーブドリの伝記」のブドリは街を救うために自分の命を落とすことを厭わないし、「銀河鉄道の夜」のカンパネルラはザネリの命を助けて死んだ。私が一番好きな作品は「銀河鉄道の夜」で、何パターンもある「銀河鉄道の夜」を全て読んだ。そして、この作品の中には「幸い」というフレーズが何回も出てくる。「みんなの幸い」、「一番の幸い」、「ほんとうの幸い」、銀河鉄道の旅は「幸い」を探す旅だとも言えよう。ジョバンニは蠍《さそり》の火を見た後にカンパネルラに言う。

僕はもうあのさそりのようにほんとうにみんなの幸《さいわい》のためならば僕のからだなんか百ぺん灼いてもかまわない。

私はこの言葉に心を打たれ、何回も読み返した。ああ、そうか、わかった。この世で幸せになるには、他者のために自分を犠牲にすることが必要なのだ。人のために生きることで、私の価値はようやく出るのだ。それなら、何度でも自分の体を差し出そうじゃないか。この無力で、無意味な私の人生と肉体。人のために差し出すことでようやく私は自由になれるのだ。私の幸いとはこれなのだ。

私は人のために自分を犠牲にしたいと考えたが、実行に移すのは難しかった。学校帰り、重い荷物を持っている老人に出会い「持ってあげましょうか」と声をかけたけれど、無視された。高校の門の前で、演劇部の人たちが、部員が足りなくて大会に出られないと言ってビラを配っているところへ声をかけた。そして、1ミリも興味のない演劇部に私は助っ人として入った。私は発声練習をしながら心の中で叫んでいた。「私は役に立っていますか」と。

高校の通学路で、鳥が車にはねられて、干からびて死んでいた。私がそれをティッシュで包み道端の土の中に埋めると、一緒に登校していたクラスメイトは私のことを気持ち悪いと言って嫌な顔をして避けるようになった。死んだ動物に触るのは気持ち悪いかもしれない。けれど、私は一つの命を必死に生きた小鳥を放っておくことができなかった。私は動物だろうが、虫だろうが、草花だろうが、全ての命あるものを自分より尊いと考えていた。そして、私の命は干からびて死んでいた小鳥より価値のないものとして映っていた。徹底的にいじめ抜かれ、友達もおらず、どこにも所属できなかった私の心はひどく病んでいて、価値のない自分に価値を出すために人の犠牲になる、そんな思考にからめとられて行動していた。

しかし、何をやっても私の心は満たされない。そもそも、カンパネルラのように死にゆく人を救うような劇的なことは人生の中であまり起こり得ない。私にできる良いことは限られていたし、実行に移しても満足度は低かった。私は亡者のように他人の役に立ちたい、人のために犠牲になりたいと考えていた。そう考えすぎていたせいだろうか。私は大人になってから、社会の犠牲者になった。ブラックな会社に就職し、貧困に陥り、自殺を試みた。その後、精神病院に入院し、社会から放逐された。緑が生い茂る町外れにある精神病院の閉鎖病棟。あの中に入った時、私の人生は終わったのだと感じた。病院の窓は開かず、外にも出れず、毎日冷めた食事を取り、看護師に薬を口に放り込まれる。私の人としての尊厳はたやすく踏み潰された。薬によってぼんやりとした頭で窓から夜空を眺める。窓の外には星がチカチカと瞬いていた。私は憧れていたカンパネルラになれたのだろうか。

精神病院を退院して、実家に引きこもるようになった。再就職ができなかった私は、暇つぶしに文章を書くようになった。フリーペーパーとして発行したり、ミニコミと言って冊子で発行したりした。コツコツと続けていると、雑誌から取材が入り、私のミニコミは売れ始めた。インターネットが登場してからはブログも始めた。私が書くことはほとんどが自分の体験だ。精神病院に入院したこと、いじめに遭っていたこと、生活保護を受けたこと。本を出版することにもなり、私の体験はたくさんの人に読まれる機会に恵まれた。読者から温かい言葉をもらえるようになって、私はようやく少し人の役に立てたような気がしている。私は社会から放逐されたものとして文章を書いている。排除されたものにしか見えない視界で、社会を見ている。自分を犠牲にして文章を書いている私は、ほんの少しだけカンパネルラに近づいたのだ。

あとがき

最近は週末に立ち飲み屋でほっと一息つける生活を送れるくらいにはなった。一人でお酒を飲んでいる時に思い出すのは大体昔のことだ。家族と暮らしていた時のことや、病気になって苦しんだこと、いろんな人と出会ったり別れたりしたこと。テレビをザッピングするみたいにいろんな記憶が交差する。もう、40歳を過ぎてしまって、思い出は随分増えた。私の人生は喜びよりも、苦しみや悲しみの方が多かった気がする。それを思うと、自分の人生の意味をよく考えるようになった。

V・E・フランクルは「人生に意味があるのか、と問うのではなく、人生の方が私たちに問いかけている」と書いていた。私は人生が何を自分に問いかけているのかをずっと考えていたが、最近、答えが出始めようとしている。

先日、解離性障害の友人が自身の体験を漫画にして出版社から発表し、その刊行記念に一緒にトークイベントをした。精神疾患を患って困ったことや、感じていることを話していると、どんどん話題が出てきて止まらなくなる。福祉制度を利用する時、書類を書くのが大変なこと、入院しても、医者や看護師は退院に向けてのステップを何も教えてくれないこと。そもそも、私たちが私たちの望むように生きていくことがとても難しいこと。

私たちの声はとても小さい。疑問を持つことなく、普通に進学し、普通に働いている人たちには私たちの声は届かない。

トークイベント終了後、ある女性から声をかけられた。

「生活保護を受けていることを本に書いてくださって、ありがとうございます。私も生活保護受給者です。やっぱり、生活保護のことは口にしづらいです。でも、その中で声を上げてくれたことに感謝します」

私はぐっと胸に迫るものを感じた。声を上げたくても上げることができない人がいる。本を書いて本当に良かった。

彼女の話を聞いたら、生活保護を受けているが、ケースワーカーは一度も訪問に来ていないという。そうだ、これが現状なのだ。

社会の周辺に追いやられている人たちの現状は昔とあまり変わっていない。私は彼女、彼らの言葉を届けるために書き続けなければならない。

私はやっと人生の問いに答えることができた。

編集者の安藤聡さんが「エッセイを書きませんか?」と声をかけてくださったのは昨年の今頃でした。エッセイを書いたことがないので、うまく書く自信がなかったのですが、丁寧な打ち合わせの成果もあり、精神疾患当事者の視点から眺めた世界がよく書けたのではないかと思っています。

そして、今回の装丁には自分で描いたイラストを使ってもらいました。絵が好きで描いていたとほうぼうで言っているわりには、絵にあまり自信がないので、装丁に使うことをためらっていたのですが、鈴木成一さんが手がけてくれるということで、きっと良いデザインになるだろうと思い、絵筆をとりました。

生きることを何度か諦めてしまった自分ですが、こうして自分の体験を書いてたくさんの人に読んでもらえる機会が与えられたことは幸せの限りであり、少しでも長く文章を書いていきたいと切に願っています。

いまだに未熟な部分が多い私ですが、こんな私に長年付き合ってくれている友人、家族、職場の方々、そして、この本を手に取って読んでくださった皆様に、心から感謝いたします。

小林エリコ

2019年3月

本書は「晶文社スクラップブック」の連載
「わたしはなにも悪くない」を大幅加筆・改稿したものです。
第1章における精神病院の描写は、著者が入院していた
1990年代後半の状況を反映しています。

わたしはなにも悪《わる》くない

2019年5月15日　初版

著者　小林エリコ

発行者　株式会社晶文社
東京都千代田区神田神保町1-11　〒101-0051
電話03-3518-4940(代表)・4942(編集)
URL http://www.shobunsha.co.jp

印刷・製本　ベクトル印刷株式会社

ISBN978-4-7949-7089-3 Printed in Japan

著者について
小林エリコ(こばやしえりこ)
1977年生まれ。茨城県出身。短大卒業後、エロ漫画雑誌の編集に携わるも自殺を図り退職、のちに精神障害者手帳を取得。現在は通院を続けながら、NPO法人で事務員として働く。ミニコミ「精神病新聞」を発行するほか、漫画家としても活動。自殺未遂の体験から再生までを振り返った著書『この地獄を生きるのだ』(イースト・プレス)が大きな反響を呼ぶ。
ツイッター@sbsnbun
ブログhttp://sbshinbun.blog.fc2.com/